U0932946

THE ESSENTIAL MAUPASSANT COLLECTION

项链

莫泊桑短篇小说集

沈樱◎译

ARTTIME 时代出版
时代出版传媒股份有限公司
北京时代华文书局

图书在版编目（CIP）数据

项链：莫泊桑短篇小说集 /（法）莫泊桑著；沈樱译.
—北京：北京时代华文书局，2014. 9
ISBN 978-7-80769-849-4
Ⅰ. ①项… Ⅱ. ①莫…②沈… Ⅲ. ①短篇小说 - 小说集 - 法国 - 近代
Ⅳ. ①I565. 44
中国版本图书馆 CIP 数据核字（2014）第 209391 号

新业文学经典丛书
项链：莫泊桑短篇小说集
著　者 | 莫泊桑（法）
译　者 | 沈　樱
出 版 人 | 田海明　朱智润
选题策划 | 黎　雨
责任编辑 | 胡俊生　樊艳清
装帧设计 | 张子航
责任印制 | 刘　银
营销推广 | 新业文化
出版发行 | 时代出版传媒股份有限公司 http://www.press-mart.com
北京时代华文书局 http://www.bjsdsj.com.cn
北京市东城区安定门外大街 136 号皇城国际大厦 A 座 8 楼
邮　编：100101　电话：010-64267120　64267397
印　刷 | 河北信德印刷有限公司
开　本 | 880mm × 1230mm　1/32
印　张 | 9. 625
字　数 | 180 千字
版　次 | 2015 年 1 月第 1 版　　2024 年 1 月第 3 次印刷
书　号 | ISBN 978-7-80769-849-4
定　价 | 46. 00 元

序

毛姆在《书与你》中曾提到："养成阅读的习惯，使人受益无穷。很少有体育运动项目能适合盛年不再的你，让你不断从中获得满足，而游戏往往又需要我们找寻同伴共同完成，阅读则没有诸如此类的不便。书随时随地可以拿起来读，有要紧事必须立即处理时，又能随时放下，以后再接着读。如今的和乐时代，公共图书馆给予我们的娱乐就是阅读，何况普及本价钱又这么便宜，买一本来读没有什么难的。再者，养成阅读的习惯，就等于为自己筑起一个避难所，生命中任何灾难降临的时候，往书本里一钻，不失为一个好办法。"

古人也说："开卷有益。"但面对浩如烟海的图书，如何选取有益的读本来启迪心智，这就需要有一定的鉴别能力。

对此，叔本华在《论读书》里说：

"……对善于读书的人来说，决不滥读是很重要的。即使是时下享有盛名、大受欢迎的书，如一年内就数版的政治宗教小册子、小说、诗歌等，也切勿贸然拿来就读。要知道，为愚民而写作的人反而常会大受欢迎，不如把宝贵的时间用来专心阅读古今中外出类拔萃的名著，这些书才真正使人开卷有益。

"坏书是灵魂的毒药，读得越少越好，而好书则是多多益善。因为一般人通常只读最新的出版物，而不读各个时代最杰出的作品，所以作家也就拘囿在流行思潮的小范围中，时代也就在自己的泥泞中越陷越深了。"

正如叔本华所言，"不读坏书"，因为人生短促，时间和精力都是有限的。

出版好书，让大家有好书读。基于这样一个目的和愿景，便有了这样一套"国内外大家经典作品丛书"，希望这些"古今中外出类拔萃的名著"，能令大家"开卷有益"。

编　者

目　录

散　步

勒拉先生是拉比士公司的记账员，他刚走出货栈，就被夕阳的光晕照得好半天睁不开眼。在那间像井一样又深又窄的院子后面的房间里，伴着昏黄的煤气灯，他已经工作了一整天。四十年来，他几乎所有的白天都是在这间小屋里面度过的。小屋光线暗淡，即使在盛夏的白昼，也只有十一点到三点这段时间里，可以勉强着不用点灯。

一年到头，屋子里都潮湿而阴冷，尤其是窗外那个深坑般的院子，给这间原本就不见阳光的屋子，又带来了满满的霉臭味。

所以说，这间屋子对勒拉先生而言，简直就是一座监牢。四十年来，他每天早上八点钟就来到这儿，一直到晚上七点钟才离开。其间，他就那么伏在账本上，以一个好职员应有的认真态度来抄写那些繁琐的账目。

如今，他每年可以挣到三千法郎的薪金，最开始的时候是每年一千五百法郎。他一直单身，微薄的收入不允许他娶老婆。反正他从来没有享受过什么，因此也就没有什么欲望。不过偶尔他对自己的这种枯燥的、连续的工作也会感到厌倦，然后便会产生一些不切实际的愿望：“唉！如果我的年薪能有五千法郎，就可以过舒服日子了。”

所以，他的日子从来没有舒服过，因为除了每月的薪金之外，他根本没有别的收入。

他的一生就这样过去了一大半，没有重大事件，没有热烈的感情，也没有希望。当然，梦想的权利是人人都有的，但由于他胸无大志，所以一些梦想也只能是梦想了。

他进入拉比士公司那年才二十一岁，从此便再也没有离开。

一八五六年，他的父亲去世了，一八五九年他又失去了母亲。从那以后，他的生命中再也没有发生什么大事情了，不过在一八六八年的时候，因为房东要涨租，他倒是搬过一次家。

每天六点整，闹钟就会像有人抖链子似的发出一阵吓人的响声，然后把他惊得从床上一跃而起。

在他的记忆中，这个闹钟曾经坏过两次，一次是在一八六六年，一次是在一八七四年，至于坏的原因，他一直没弄清楚过。穿好衣服后，他开始整理床铺，打扫屋子，用掸子掸去靠背椅和五屉柜上面的灰尘。干完这些活儿大概要花掉他一个半小时的时间。

之后，他便出门，先去拉于尔面包店买一个羊角面包，然后一边走一边吃。这家面包店已经换过十一个老板了，不过字号一直未改，令人惊奇的是，这里的每个老板他都认识。

他的整个生命几乎都消磨在那间狭窄而阴暗的办公室里了，从他进来的那天开始，屋子四壁的糊墙纸就一直没有换过。他第一次走进这间屋子时，是作为布吕芒先生的助手，那时他抱着接替他的希望。

如今，他已经接替了他，自然也就没有什么希望了。

很多人，在漫长的生活过程中总会积攒下许许多多的回忆，比如一些意料之外的事件，甜美的或者悲伤的爱情，冒险的旅行，等等。而他呢，却都没碰到过，一些偶然的事件跟他似乎是绝缘的。

一天天，一周周，一月月，一季季，一年年，他的生活都完全一个样。每天他总是在同一时间起床，出门，到办公室，吃午餐，离开办公室，吃晚餐，最后睡觉。从来没有任何一件事打乱过他这些永不变化的规律。

年轻的时候，他还可以对着前任留下的那块小圆镜，看看自己金黄色的小胡子和鬈曲的头发。而如今，在同一块镜子里他看见的却是自己的白色的小胡子和已经光秃秃的脑门。四十个年头倏忽间过去了，又长又快，空虚得就像凄凉无聊的日子，又或者跟难眠夜晚里的那些时间一样，是的，无聊的时间总是都一样的。自从父母离世后，四十年来他什么也没留下，甚至连个回忆，连个不幸的回忆也没有留下。他的人生一片虚空。

这一天，和往常一样，勒拉先生从小屋子出来，他在临街的大门口站了一会儿，夕阳的光辉把他照得头昏眼花。原本他应该回家去的，却突然有了在晚餐之前溜达溜达的想法，这种情况一年之中也就出现过那么四五次。

随后，他来到了林荫大道上。长出新绿的大树底下人来人往。这是一个春天的黄昏，是入春后头几个暖洋洋的黄昏之一，这样的黄昏总是让人们心里充满着喜悦。

勒拉先生迈着一蹦一跳的步子走着，眼角眉梢洋溢着一种喜悦，遇到这种普遍的欢乐和温暖清新的空气。

他来到了香榭丽舍大街，微风中荡漾着的青春气息让他的活力得以恢复，他决定继续走下去。

整个天空被夕阳耀红，看上去像在燃烧；庞大的凯旋门的黑影在天边光辉灿烂的广阔背景的衬托下，像是立在大火中的一个巨人。勒拉先生走到这座怪物似的大建筑跟前时，突然感到饿了，接着他走进一家酒馆去吃晚饭。服务生招待他坐在店外人行道上边的座位上，他点了一份酸汁冷羊脚，一份生菜和一份芦笋，很久以来，这是勒拉先生第一次吃这么像样的晚餐。之后，他又加了一块布里产的很有名的乳酪，并要了半瓶上好的波尔多产区的葡萄酒。

吃完正餐，他喝了一杯咖啡，这在他是不常有的事，最后他又喝了一小杯白兰地。付完账以后，略带醉意的他觉得很开心，也很轻松。末了他暗自说道：“今晚真是一个难得的好天气，索性就继续走下去吧，就走到布洛涅森林的入口处就好。这样一来也算是锻炼身体了。”

于是，他继续往前走。这时，一首在从前总听到女邻居唱过的古老曲子，总是在他的脑子里萦绕着，盘旋不去：

林子新绿时，
情人向我语：
我望吾爱来，
同往花棚下。

他开始不停地哼着这首曲子，反反复复。此时，巴黎的夜幕已经降下，这是一个微风不动夜，也是一个轻柔宁和的夜。勒拉先生沿着布洛涅森林大道向前走，时而望着那些从身旁驶过的马车。那些马车里面点着明亮的灯，一辆跟着一辆驶过来，坐在马车里的偎依着的情侣在人们眼前一闪而过，女的穿着浅色裙子，男的穿着黑色礼服。

那是由一对对相爱的人组成的长队，在满天星辰的照耀下，在稍显燥热的夜色里移动着，一辆接着一辆。那些不断经过的爱人们躺在车子里，彼此静默地深情拥抱着，沉溺在一片美好的幻觉之中，沉溺在一种蠢蠢的欲望之中，也沉溺在因相拥而难以抑制的颤栗之中。温软的夜色里好像充满了飞舞着的、飘荡着的吻。一种情意绵绵的感觉让空气也变得萎靡不振起来，因而显得格外憋闷。这些坐在马车上互相偎依着的人，这些被相同的渴望和相同的念头所陶醉的人，在他们的周围渐渐形成了一种狂热的气氛，以至于他们所经之处都散发出一种难以捉摸的神秘的气息。

最后，勒拉先生走得有点累了，就在一条长凳上坐了下来，望着这些满载着爱情的马车一辆辆从他眼前驶过去。就在这时，有一个女人走过来，紧挨着他坐下。

“你好，我的亲爱的。”她说。

他没有理会。

她又说了：“让我来疼爱你吧，我的宝贝。你会知道我有多么可爱。”

他说：“您可能认错人了，太太。”

她伸出一只胳膊挽住他的胳膊说：“得了吧！别在这里装傻啦，听我告诉你……”

还不等她说完，他就已经站了起来，他没有再理会那个女人，而是向一边走去，不知为什么，他觉得心里很难受。

走了百来步的样子，又有一个女人走到他身边。

“您能不能和我坐一会儿呢，我的漂亮小伙子?”

他不无感慨地对她说：“您为什么干这个行业啊?”

她听了，直直地立在他面前，连嗓音都变了，变得嘶哑而凶狠，她说：“见鬼了，总不见得是为了找乐子吧!”

他立马温和地追问了一句：“那么，您这样做究竟是为什么呢?”

她抱怨道：“人总得生活啊，你问得倒奇怪。”

她说完，便哼着小调走开了。

勒拉先生似乎被这样的谈话惊吓到了。这时，又有别的女人在他身旁走过，跟他打招呼并邀请他。

他突然觉得有一种黑乎乎的东西，一种叫人伤心的情绪在头顶上逐渐散开。

于是，他又在一条长凳上坐了下来。大路上，马车继续奔驰着。

“看来我真不该到这儿来，”他心里如是想，“如今把自己弄得这样难堪，心里也是乱糟糟的一片。”

他开始琢磨起刚才从他眼前经过的人们，那些或出于自愿或用来交易的爱情，还有那些花钱买来的或者是自由给予的拥抱和亲吻。

爱情！对他而言有些陌生。他这一生只接触过两三个女人，而且完全是出于偶然，出于意外，因为他的收入不允许他有额外的开销。他不免联想到自己的生活，那种和别人完全不同的生活。他的生活是凄凉的，那么沉闷，那么平凡，又那么空虚。

世上就是有那么一些人，他们很不走运。就在他思考这些问题的这一刹那，一层厚幕从他眼前撕开了，他窥见了穷困，那种在他生活当中无穷无尽的、千篇一律的穷困：从前是穷困，现在是穷困，将来还是穷困；最后的日子和最开始的日子完全相同，眼前什么都没有，身后也什么都没有，周围什么都没有，心里也什么都没有，与他相关的任何地方，仿佛都是空荡荡的。

马车仍旧在他面前驶过，川流不息。他在每一辆敞篷马车里都能看见那么两个人，他们一声不响地偎依着，他们被马车载着迅速驰过，迅速出现又迅速消失。好像全人类都沉醉在快乐、欢笑和幸福之中，他们张扬又沉默地从他面前经过，炫耀着他们的幸福。而他呢，孤单一人，孤孤单单，完全孤孤单单的一个人，在旁边坐着。而且，他还会继续孤单下去，明天孤孤单单，永远孤孤单单，谁也不会像他这样孤孤单单地走完一生。

他站起身来，刚走了几步，就感到一种前所未有的疲倦向他袭来，就仿佛他刚刚结束了一个远程的徒步旅行，于是，他又在第二条长凳上坐了下来。

他在等待什么呢？又在希望什么呢？其实他什么也不等待啊，什么也不希望。他心里想的是当一个人老了时，回到家能看见叽叽喳喳玩闹的孩子们，一定是一件很愉快的事。如果周围有这么一群小孩，他们的生命又是你赐给他们的，他们喜欢你，爱抚你，并对你说些有趣的天真的话，让你心里暖洋洋的，倍感安慰，那么，或许你会对一切都不再计较了。如此，尽管自已老了也是甜美而喜悦的。

转而，他又想到他的卧室，他那间洁净而凄凉的小屋子，空荡荡的，除他以外没有任何人进去过。想到这里，一种悲观绝望的情绪紧紧扣住了他的心弦，仿佛这卧室此时在他眼里比他那间阴冷的办公室更显得可怜凄惨。

这间卧室是死的、哑的，是一间从没有发出过人声的房子，没有人来过，也从来没有人在里边说过话。墙壁应该是有记忆的，它应该能从住在屋里的人们身上保留下一些东西，从他们的举止，从他们的面貌，从他们的言谈中保留下一些东西，幸福家庭住过的房子一定要比穷苦人的住室来得喜气洋洋。而他的屋子显然没有这样的记忆，它跟他的生活一样是空洞洞的，没有什么可纪念的东西。他一想到接下来要回到这间屋子，孤单单的一个人回去，睡在那张沉默的床上，做那些他每晚要做的事，他的心里就感到十分的害怕。或许，他打算离这间不祥的屋子更远一点，离应该回家的时间更远一些，所以，他站了起来，从森林边的第一条林荫路走进去，他走进一片密林中，然后在草地上坐了下来。

他听见周围、头上，甚至每一个角落都响着一种混乱的、辽远的、继续不断的、由无数不同的声音组成的嘈杂声，低沉而凌乱，近处有，远处也有，像生命的广阔又巨大的悸动，像巴黎的呼吸。

新一天的太阳已经升得很高，在布洛涅森林上空洒下一片温暖的阳光。马车开始陆续出现，骑马的游人也已经兴高采烈地活动起来。

一对男女走在一条无人的林荫路上。突然，年轻女子望见树枝间有一样棕色的东西垂下来，她惊慌不安地举起手来说：

“看……那是什么东西?”

随后，她发出一声惊叫，晕倒在她伴侣的怀中，那伴侣只好把她轻放在地上。

很快，守林子的人被叫来了，然后，一个用背带吊死的老人被解了下来。

经过检查，验证这人是头天晚上死亡的。人们从死者身上找出的证件得知，他是拉比士公司的记账员，名字叫勒拉。

最后经过调查得出的结论是自杀，但原因却无从揣测。人们议论：也许是突发性的疯狂症所致吧?

树林里

乡长刚坐到餐桌旁正要吃午饭，忽然有人来报告，说是负责巡查农田的人抓到两个人，被带到乡长办公室里听候发落。乡长听闻便匆匆赶去，只见农田巡查员霍希多尔面容严肃地站在那里。他年龄很大了，一双眼睛紧盯着一对城里男女，就像看守着两只猎物一般，而那对男女看上去年纪也已经不小了。

男的是个红鼻子白头发的胖老头，如今一副很丧气的样子。不过那女的倒是容光焕发，虽然是个早已发福的老太太，但衣裙崭新，打扮得就像星期天准备出门做客的样子，此时，她正以挑衅的目光注视着抓住他们的巡查员。

乡长问："这是什么情况，霍希多尔老人家?"

霍希多尔便向乡长报告了事情的经过。

一大早，他像往常一样从康比欧树林巡逻到阿尔让多叶的边界。田野上碧空晴朗，庄稼的长势也很喜人，看上去并无异常情况。就在这时，正在葡萄园里整枝的年轻人布雷德尔忽然对他喊道："嗨，霍希多尔老爷爷，你快到树林边第一个矮树丛那边看看吧！你准保能看到一对正在调情的小鸽子，说来他俩的年龄加起来应该有一百多岁了。"

这么一来，他便循着年轻人所指的方向走去，刚刚钻进茂密的树丛，一对男女说话和喘息的声音就传进他的耳朵。他不禁想到，等下一定能当场抓获一对伤风败俗的狗男女。

这么想着，他便趴下身子像侦察员似的匍匐前进，就好像去抓偷放套圈的偷猎者一样。果然，正当这对男女准备发泄天性的时候，就被双双抓住了——事情的经过就是这样。

乡长显然很惊讶，打量着这对有伤风化的人。男的看上去已是花甲之人，而女人少说也有五十五岁了。

他开始审问，先提问那个男的。

“你叫什么名字？”

“尼古拉·博文。”

“职业？”

“小商人，住在巴黎殉道者街。”

“你们在树林里做什么？”

“……”男的没有回答这个问题。他沉默不语，低头望着自己那肥大的肚子，两只手平贴在大腿上，一副羞于启齿的样子。

乡长只得跳过这个话题，问：“对乡政府农田巡查员所说的情况，你有什么异议吗？”

“没有。”

“全部承认？”

“是的。”

“你有什么需要为自己辩护的吗?”

“没有。”

“那么我再问你，你是在什么地方和你的同案犯勾搭上的?”

“不，不是同案犯，她是我的妻子。”

“你的妻子?”

“是的。”

“那么……那么，在巴黎的时候你们不是住在一起的吗?”

“我们是住在一起的。”

“住——在——一起，那么……你们为什么要在露天里做这种事情呢，我看你们一定是发疯了，彻头彻尾地发疯了，我亲爱的先生!”

男的听到这番话，羞愧得眼泪都要流出来了，他嗫嚅着说道："是她非要这样做的！我跟她说过，这简直是一件极不光彩的蠢事。可是，可是，您了解的，当一个女人的头脑里突然有什么念头时……您是明白人……她就很难再改变主意了……"

乡长有点高卢人的诙谐，他揶揄着笑道："不过，对你来说，既然不能改变她的主意，那么就让她在脑子里空想一下也就罢了，这样的话，你们就不会被扣押在这里了，不是吗?"

乡长这样一说，更加撩起了那男的，也就是博文先生的火气，他气呼呼地斥责妻子："你看，都是你的诗情画意惹的祸，你看你的浪漫把我们带到什么地方来了！现在弄得我们如此尴尬，都这么一大把年纪了还要因妨害风化罪上法庭，真是丢人死了！接下来我们的商店大概也要关门了，出了这样的事搬家也无可避免了，不然今后我们的脸往哪儿搁?"

博文太太倒是神态自若，她不慌不忙地转过身来，看也不看丈夫一眼，脸上连半点羞愧之色也没有，她嘴唇一动就呱呱呱地讲开了：

"乡长先生，我的上帝！我明白，我们这样做有多么可笑。不过，请你允许我像一个律师那样——准确地来说，应该是一个可怜的女人为自己辩护，希望你发发善心放我们回家吧，不然这样的罪名对我们来讲简直是莫大的羞辱。事实上这事说来话长，很久以前，当我还是少女的时候，就认识了博文先生，而且就是在这个村庄里。那时他是一家小商品店铺的伙计，我是一家服装店的营业员。这些事至今我都记得清清楚楚，就像昨天才发生的那样。

“星期天我常和我的一个女友露丝·雷维克到这里游玩。我们一起住在比加香街。那时露丝有一个英俊的男友叫西蒙，而那时，我还单身一人。他们常常带我一起到这个村庄来。那是一个周末，露丝的男友突然笑着对我说，下一次他要带一个朋友来。我当然明白他的弦外之意，了解那是他的一片好心。但我能说什么呢，便故意回答说：‘那倒不用，我会自己照顾自己的。’不久，我们就在火车上碰到了博文先生。当时的他长得很帅气，完全不是今天你们看到的这副模样。不过，我并没有因此而迁就他，一直到现在，也从来没有迁就过他。

“我们到了贝松。那天天气格外好，是那种令人心醉、令人神往的十分难得的好天气。碰到这种好天气，就算是现在，我已经不再年轻，但只要碰到这样的好天气，仍会让我像从前一样的愚蠢，愚蠢到可怜兮兮。因为，只要一投身到大自然的怀抱我就会头脑发昏。那天的天气就是如此，一望无际的绿野里和风如拂，鸟声清脆，麦浪滚滚，飞燕穿柳，青草泛着清香，还有罂粟花、白菊花——想想看，这一切怎能不使我发狂！就像一向滴酒不沾的姑娘，突然就喝下了整瓶香槟。

“真的，那天的天气实在太美了，风和日丽，万里无云。如果在这种情境中两人彼此对望一眼，就能从对方的眼睛窥探到内心的一切，就连透口气也是来自对方的心田。露丝和西蒙情意缠绵，他们每隔几分钟就要接吻一次。看到他们这样亲热，我也深受感染。不过我们很自重，博文先生和我就那么安静地坐在他们背后，彼此间没有一句话。当然，主要还是因为我们初次相见，也不知该说些什么。况且这个年轻男子又拘谨得很。不过他的一副尴尬相，倒是让我觉得十分有趣。后来我和他一起走到小树林里。那里很是清凉，如同冲冷水浴一般。我们坐在草地上，照旧一言不发。因为我的表情太一本正经了，致使露丝和西蒙都来取笑我。接着他俩又一次接吻，旁若无人，情话绵绵又如胶似漆，最后他们站起身来，什么也没说，便径自钻进了绿丛深处。你们可以想象一下，我和一个初次见面的男青年对坐着，就那么一脸呆板的表情，我是什么心情。所以他们俩一走开，我就陷入了慌乱之中，过了很长时间，我才好不容易鼓起勇气和他说话。我问他是干什么的。就像我前面说的一样，他说他是小商品店铺的伙计。这样我们才算有了话题。谁知道，这一来倒壮了他的胆，他竟然开始腆着脸要求这，要求那；不过都被我严词拒绝了——我说的对不对，博文先生?”

博文先生沉默着，没有作出回答，一双失神的眼睛凝视着自己的脚尖。

见博文先生不说话，她继续说道：

“他可能觉察到我是个自重的女子，便开始以正派人的面貌，用很绅士的方式向我求爱了。从那天起，他每逢星期天都会来见我。他深深地爱上了我，而我也深深地爱上了他。说句老实话，那时候的他的确很英俊。这些就不说了，那年的九月份我们就结婚了。婚后没多久，我们接手了殉道者街上的那家商店。

“说实在的，那时候的日子很艰苦，因为生意不景气，郊游的费用我们也无力支付，渐渐地也就丧失了这种兴趣，头脑也被各种各样的事情占据。生意人嘛，首先想到的是钱柜，而不是鲜花。就这样，我们糊里糊涂地过了很多年，不知不觉间我们老了，成了一个循规蹈矩的人，而爱情为何物竟也有些不懂了。反正不感到缺什么，也就不需要什么了。直到最近，我们的营业情况大为好转，不用再为生存担忧。然而在我们身上，却发生了难以言明的变化，这些变化甚至有些莫名其妙。我又开始像个妙龄女郎那样沉浸于幻想之中了，望着那些满载着鲜花一路远去的车辆，我会流泪。靠在账台背后的圈手椅上，紫罗兰的芬芳向我袭来时，我的心头会怦怦乱跳，我甚至会神差鬼使地站起身来，站到店门前，越过一排排屋脊去眺望蓝天。站在街心，仰望着天空，天空突然成了一条河流——一条长河，它蜿蜒地流过巴黎。空中的燕子神奇地变成了河里的鱼，那样自由地游来游去。我当然知道一把年纪了还有这样的遐想是多么可笑！但是，我控制不住那样的心情！

“一个长年不停地工作的人，偶而也会想些别的什么，于是就发生了今天这样一件令人后悔的事情。是的，这实在令人后悔。您想想，乡长先生，我本该与其他女人一样，在树林里让恋人亲吻30年，这本来就是我的权利。可我也说不出为什么，就是忍不住向往这样的事情：如果躺在绿树花丛之中和恋人做爱，那该是多么美好的一种享受。我不骗您，我白天黑夜都在想这些。我想象着月光映在水面上，我甚至想到情愿跳下去把自己淹死。

“这种想法在我脑海里刚产生的时候，有好长一段时间我都不敢对博文先生说。我很清楚他，他如果知道了我的这些想法肯定会笑话我的。他会规劝我还是安心地推销线团和缝衣针吧。重要的是，这么说也不怕您笑话，如今的博文先生对我来说，已经没有多大吸引力了。不过，当我顾镜自怜时，也悲哀地发现自己同样不再楚楚动人了。

“终于，我下定决心鼓动他到当初我们相识的那个村庄去郊游。对此，他也毫不迟疑地同意了。

“就这样，我们来到了这里。当我的双脚一走进大自然的怀抱时，我感到自己的整个身心有了一种翻天覆地的变化。一颗苍老的女人的心，在那么一瞬间突然返老还童了。真的，就连身旁的这个老头子，也仿佛又变回了当年那个英俊倜傥的小伙子。我向您发誓，乡长先生，我当时太陶醉了。我拥抱他，拼命地亲吻他。可他呢，却吓得跳起来，好像我会吃了他似的连连摆手说：‘你疯了！你怎么突然就发起疯来了？你想要干什么？’但是他的话我一句也听不进去，我只听到我自己的心在说话，是我把他卷进这样的事件里的，亲爱的乡长先生，我说的每句话都是发自内心的实话。”

当然，乡长也是个通情达理的人。听完博文太太的诉说，他站起身来，微笑着说：“你们放心地回巴黎去吧，亲爱的太太！不过，下次可不要在野地里孵小鸽子了……”

米龙老爹

一个月来，炎炎烈日把它灼人的火焰喷向田野。火雨下得大地生机蓬勃，万物欣欣向荣，一眼望去全是一片郁郁葱葱的绿色。天空碧蓝，万里无云。诺曼底人的农庄星星点点地分布在平原上，被围在一圈圈又高又瘦的山毛榉中间，远远看上去像是一片片小树林；走到跟前，推开虫蛀的栅栏门，却又让人以为是一座巨大的花园，因为那些像农民一样瘦骨嶙峋的老苹果树全都花枝灿烂。这些歪歪扭扭、颜色发黑的老树干成行地排列在院子里，把它们红白相间、鲜艳夺目的圆顶伸展向天空。苹果花的清香和敞开的牲口厩栏里的浓烈气味，以及肥料堆发酵后冒出的热气混合在一起，在空气中弥漫开来。肥料堆上栖息着成群的母鸡。

中午时分，这一家子正在门前梨树的阴凉下吃饭，他们是：父亲、母亲、四个孩子，两个女雇工和三个男雇工。他们很少讲话，吃过浓汤之后，又揭开菜盆，里面是盛得满满的土豆炖肥肉。其间，有一个女工站起来，提着酒瓶到食物贮藏室去灌苹果酒。男主人是个身强力壮的大汉，四十左右的年纪，一双眼睛正注视着屋前的一棵葡萄藤。这棵葡萄藤光秃秃的，还未长出叶子，像蛇一样蜿蜒曲折的葡萄藤，正沿着百叶窗下的墙壁向上伸展。

快要吃完饭的时候，男主人说："父亲种的这棵葡萄今年发芽发得早，说不定要结果实了。"

女主人也转过身来看了一下，不过没有说什么。

男主人的父亲就是在这棵葡萄生长的地方被枪杀的。

事情发生在1870年，那时候正在打仗。普鲁士人占领了整个诺曼底地区，费德尔布将军统帅的北方部队还在抵抗。

普鲁士军队的参谋部就设在这个农庄里。那时的农庄主人是个上了年纪的老农民，名叫皮埃尔，也就是如今男主人的父亲，人们称他米龙老爹。当时，他接待了那些普鲁士军人，并且尽量把他们安置得舒舒服服的。一个月来，普鲁士军队的先头部队一直留在村子里观察情况。法国军队则在十法里以外的地方，没有一点动静，然而不知什么原因，每天夜里都有普鲁士的枪骑兵失踪。所有单独派出去执行巡逻任务的侦察兵，以及只有两三个人一组的那些士兵，出去后就再也没有回来过。

到了第二天早晨，人们常常在一块田地里，一座房子旁，或一条沟壑中找到他们的尸体；他们的马也倒在大路上，喉咙已被刀割断。这些谋杀好像是同一伙人干的，不过蹊跷的是，案子始终没有破。于是，普鲁士人在当地采取了恐怖手段。他们单凭一些捕风捉影的告发就枪杀了一些农民，还抓了一些妇女；他们还恐吓孩子，想从孩子嘴里得到线索，但是始终一无所获。

不过，有一天早晨，人们发现了受伤的米龙老爹，他躺在他的马厩里，脸上有一道被刀砍的伤口。

与此同时，在距离农庄三公里的地方，人们又发现了两个肚子被戳穿的枪骑兵，其中一个手上还握着染有血迹的武器。种种迹象可以看出他曾经进行过自卫，与杀死他的人搏斗过。

一个军事法庭很快组成了，就设在农庄前的露天场地上。米龙老爹被带上来。

他当年也已经六十八岁了，个子又小又瘦，还有点驼背，两只大手像螃蟹螯一样。他的头发已失去光泽，稀稀拉拉的，而且细得像幼鸭的绒毛，可以很清楚地看到头皮。他颈项里的褐色皮肤叠着皱纹，上面露出一根根粗凸的青筋，这些粗筋从下颌骨底下钻进去，又在两个太阳穴上露出来。在当地的人们眼中，他是一个既吝啬又很难打交道的人。

他被带到一张从厨房里搬出来的桌子前面站住，有四个士兵围着他，五个军官和上校坐在他的对面。

上校用法语说道："米龙老爹，自从我们到这里来以后，对你一直很满意。你对我们也一向殷勤周到，甚至可以说亲切体贴。不过今天有一件重大的案件牵连到你，我们必须弄清真相。所以，你来说说你脸上这道伤口是从哪里来的?"

米龙老爹什么也没有回答。

上校又说道：“米龙老爹，你的沉默已经证明了你有罪，不过我还是希望你能回答我的问题，你听到没有？你知道今天早上在十字架附近找到的那两个枪骑兵是谁杀害的吗？”

“是我。”米龙老爹回答得清清楚楚，而且直截了当。

上校显然是吃了一惊，眼睛盯着这个被抓来的人，半晌没有讲话。

此时的米龙老爹脸上木无表情，带着一副乡下人常见的那种老实头脑的样子，两眼低垂，好像是在和本堂神甫说话似的。只有一点可以泄露出他内心的慌乱，就是他在明显使劲地咽口水，一口又一口，就好像喉咙完全被堵住了似的。

米龙老爹的一家人：他的儿子约翰、儿媳、还有两个小孙子，他们全都站在他身后十步开外的地方，既惊慌失措，又垂头丧气。

上校又说道：“那么，你也知道这一个月来，每天早晨在野外找到的我们军队里的那些侦察兵是谁杀害的吗？”

米龙老爹还是带着那种木头木脑、无动于衷的表情回答说："是我。"

"这些人全是你杀的？"

"不错，全是我杀的。"

"你一个人杀的？"

"我一个人杀的。"

"这些事你是怎么干的？你说给我听听。"

这一次，米龙老爹倒显得激动不安起来，要他讲很长的话显然使他感到很为难。于是，他含糊不清地说："这叫我怎么说呢？我都是看当时的情况再临时决定怎么行动的。"

"我告诉你，你必须把一切都对我讲清楚。所以你最好还是马上就拿定主意。你说说看，你是怎样开始的？"

米龙老爹开始不安了，他先是朝他身后正在倾听的家人看了一眼，又踌躇了一会儿，然后下了决心似的说了起来："就在你们来到这里的第二天晚上，大概十点钟左右，我回家时，你，还有你手下的那些当兵的，你们拿走了我价值250多个金法郎的饲料，还有一头母牛和两头绵羊。

我当时心里就想：你们拿好了，你们拿去多少我都得叫你们赔出来。而且我心里还有别的不痛快，等一下我会对你们讲的。就在那天晚上，我瞥见你们的一个骑兵在我的谷仓后面的沟边上抽烟斗。我便去把我的长柄镰刀摘下来，然后脚步轻轻地走到他的背后，他一点都没有听见，我就像割麦穗似的，一镰刀，只是那么一镰刀，就把他的脑袋割了下来。他连叫一声‘哎呀’都没有来得及。你们只要到那个水塘那儿去找一下，就可以看到他和一块压栅栏用的石头一起被塞在一只盛煤用的袋子里。”

他稍停顿了一下，又接着说：“我有我的打算。我把他全身的衣服扒下来，从头上的帽子到脚上的长统靴全扒下来，并把它们藏在院子后面马丁家那片树林中的石膏窑里。”

讲到这里米龙老爹突然停住不讲了，军官们也早已被惊得面面相觑。

后来审讯又重新开始，下面就是他们得到的具体情况：

第一次谋杀得手之后，米龙老爹脑中就整天盘旋着“杀普鲁士人”这个念头。他对他们怀着一种凶狠的、刻骨的仇恨，这种仇恨只有他这种既贪财又爱国的农民才会有。正像他自己说的，他有他的打算。

就这样，他等了几天。由于他对战胜者表现得格外的谦恭驯服，殷勤周到，因此他们便许可他随便来去进出。他几乎每晚都能看到有传令兵出发，终于，他等到了机会。一天夜里，他听到这些骑兵要前往村庄的名字，他也出去了。平时在和这些士兵打交道的过程中，他已经学会了几句用得着的德国话。

他从院子里走出去，溜进树林，来到石膏窑，钻进长长的坑道底部，把那套死去的普鲁士人的衣服找出来，然后穿在自己身上。

随后，他开始在田野里转来转去，为了隐藏自己，他有时爬着走，有时傍着陡坡前进，他屏气凝神地注意倾听着任何一点动静，就像一个偷猎者那样紧张不安。当他认为时间已经差不多时，就来到大路边，躲在一处荆棘丛里，继续等着。靠近午夜时分，坚硬的泥土路面上终于传来了“嘚嘚”的马蹄声。米龙老爹把耳朵贴在地面上，听准了过来的只有一个骑兵，便赶快做好准备。

这个骑兵身上带着紧急公文，策马疾驰而来。一路上他睁大眼睛，竖着耳朵，小心警惕着。等到那个骑兵到了距他只有十步远时，米龙老爹便抓准时机爬到路中央，一面呻吟，一面用德语和法语交替叫喊着：“Hilfe！Hilfe！救命！救命！”

骑兵听到呼救便勒马停下来，查看清楚原来是一个失去坐骑的德国兵，以为他受了伤，就从马上下来，走到他身边，那个士兵一点戒惧都没有；正当士兵朝这个陌生人俯下身子的时候，一柄弯弯的长马刀已戳进了他的腹部，他连哼都没有哼一声就倒下来，只是抖动了几下就断了气。这时，米龙老爹，这个诺曼底人怀着只有老农民才有的那种不动声色的兴奋，喜滋滋地站起来；为了取乐，他还把死人的喉管割断，随后把尸体拖到沟边扔下去。而那匹马则停在原地，安安静静地等待它的主人。

米龙老爹处理完尸体后，便跨上马鞍，朝原野疾驰而去。

之后，大概过了一个钟头的时间，他又发现两个肩并肩返回营地的枪骑兵。他一面又叫着“Hilfe！Hilfe！”一面笔直地朝他们奔过去，因为那两个普鲁士人已经看清了他的军服，所以就放任让他冲过来，丝毫也没有怀疑。畅通无阻的米龙老爹就像一颗炮弹似地从两个人中间穿过去，一手用马刀，一手用手枪，把这两个人同时干掉了。

随后他又把两匹马——这是德国人的马！——也杀死。干完这些，他就悄悄回到石膏窑里，并把自己骑的那匹马藏到阴暗的坑道深处。接着他又脱掉军服，重新穿上自己那身破破烂烂的衣裳，然后回到床上，一觉睡到天明。

之后一连四天，米龙老爹都没有出去，他在等调查的风头过去。但到了第五天，他又出去了，又杀死了两名士兵，用的是同样的计谋，从此他养成了习惯。每天夜里，月光下，这个已经消失的骑兵，这个专门以杀人为目的的猎手，便会骑着马在空荡荡的田野上东奔西跑，转来转去，时而在这里，时而在那里，寻找一切机会杀死普鲁士人。而每次任务完成以后，这个“老骑兵”便丢下几具横躺在大路上的尸体，又回到石膏窑里，然后把马和军服藏起来。

到了中午时分，他又若无其事地带着燕麦和水，去喂他的坐骑——那匹被关在地底下的马。他一点不吝惜饲料，把它喂得饱饱的，因为他需要它帮他完成重大的任务。

但就在前一天晚上，米龙老爹袭击的两个人中有一个人有了防备，朝他的脸上砍了一刀。不过他还是把这两个人全杀死了，并且又回到石膏窑，把马藏好，换上他自己那身褴褛的衣服。可米龙老爹毕竟受了伤，在回家的半路上，他突然感到体力有些不支，等他勉强挨到马厩边，就再也不能往前走了。被人发现时，他正躺在一堆干草上，浑身是血……

讲完这些杀人的经过之后，米龙老爹突然昂起头，高傲地看着这些普鲁士军官。

上校捻着嘴上的小胡子，问他道：“你还有什么要说的吗？”

“没有，什么话都没有了，账已算清：我一共杀了你们十六个士兵，一个不多，一个不少。”

“你知道你犯的是死罪吗？”

“我又没有向你们求饶。”

“你当过兵吗？”

“是的。我从前打过仗。说起来，我那跟随拿破仑一世皇帝当过兵的父亲就是你们杀死的。这个不算，你们上个月又在埃夫勒附近杀死了我的小儿子弗朗索瓦。从前你们欠我的债现在都已结清。我们现在是谁也不欠谁的了。”

军官们你望望我，我望望你，惊得说不出话来。老头子接着又说道：“八个是还我父亲的债，八个是还我儿子的债，咱们现在是两清了。我并不是存心找你们麻烦的。我呀，我并不认识你们，就连你们从哪里来的我都不知道！但你们来到我家里，喏，在这里发号施令，想怎么样就怎么样，就好像在你们自己家里一样。不过，我已在那几个人身上报了仇，也算是两清了，不过我一点也不后悔。”

米龙老爹说完，又重新挺了挺他那骨头僵硬的上身，双手交叉放在胸前，像一个谦虚的英雄那样悠然自得。普鲁士人低声交谈了好久。这时，一个上个月也失去了自己儿子的上尉为这个崇高的穷老汉辩护，他站起来走到米龙老爹跟前，放低声音说道：“你听着，老头子，也许还有一个办法可以救你，这就是……”

但米龙老爹这个固执的老头儿根本不听，他双目睽睽地逼视着这个战胜者的军官。这时，微风吹动他脑袋上绒毛般稀疏的头发，他紧蹙双眉，使得那张被刀划了一道口子的瘦脸皱成一团，显得十分狰狞。随后他挺起胸膛，吸足气，用尽全身力气，对准这个普鲁士人的脸啐了一口。上校简直被他气疯了，正要举起手来，米龙老爹又朝他脸上唾了第二口。

普鲁士人被惹怒了，于是全体军官站起来，齐声吼叫着发出命令。

不到一分钟，这个镇静如常的老汉就被拉到墙根处决了。这时，他的大儿子约翰和他的妻子以及两个孩子都惊慌失措地看着他，而他呢，在临死前竟还朝着他们微笑呢。

羊脂球

一连好几天，零零星星溃败的军队不断从里昂市区穿过。这哪里是什么军队，只能算是七零八落的乌合之众。他们的胡子又脏又长，衣服破烂不堪，既没有军旗，也没有团的番号，他们带着疲惫的姿态向前走着，所有的人似乎都垂头丧气，脑子已经失去作用，既没有思想，也没有决心。由于只是习惯性地向前走，所以只要一停住他们立马就会累得倒下来。在这些应征入伍的人员中，引人注目的是那些本来是有固定收入、只希望安安静静过日子的人，现在他们却被沉重的枪支压弯了腰。另外有一些是年轻机灵的国民别动队员，他们既容易惊慌失措，也容易兴奋狂热，他们随时准备进攻，但也随时准备逃跑。

在这些队伍中间，还有一些穿红裤子的正规军，那是在一次大的战役中被粉碎的某个师的残余；还有一些穿深色军服的炮兵，他们也和各式各样的步兵混在一起；偶尔也会冒出个头戴闪闪发亮头盔的龙骑兵，他们拖着笨重的脚步，跟着步伐比较轻松的步兵一起前进。

几批有着光荣称号的游击队也走过去了，他们分别是“失败复仇队”“墟墓公民队”“死亡分享队”，总之，他们都带着些土匪的气息。

这些游击队的队长们，有的本来是呢绒商人或是粮食商人，也有些之前是做油脂或肥皂生意的商人，战事发生后，他们都成了应时而起的战士，由于他们的财产多、胡子长还被任命为军官。大多数时间里，他们全副武装，穿着法兰绒，佩着饰带，高谈阔论；以夸大的口吻讨论着作战计划，断言垂危的法兰西完全是靠他们这些自吹自擂的人的肩膀支撑着的。不过有时候他们也害怕自己的部下，因为他们全是一些十恶不赦的坏蛋，虽然经常表现得勇猛剽悍，但奸淫掳掠，无所不为。

据人们传言，普鲁士人就要进入鲁昂了。

两个月来，国民自卫军一直在附近的树林里小心翼翼地侦察敌情，甚至有时候还放枪误伤了自己的哨兵。他们已经到了草木皆兵的地步，一有风吹草动，哪怕是一只兔子在荆棘中动弹一下，他们就准备开战。如今，他们都已回家了，他们的武器、制服，以及所有杀人的装备——这些东西是他们不久前用来吓唬周围三法里一带的国道上那些界碑旁的人的，现在也都在忽然间消失得无影无踪。

最后一批法国兵终于渡过塞纳河，取道圣塞韦尔和阿夏尔镇，前往俄德牧桥。走在最后的是心灰意冷的将军，如今他一筹莫展，凭着手下这些残兵败卒，他再也无能为力了。一个向来英勇无敌，习惯于胜利的民族，竟然遭到如此罕见的打击，使得他自己也万念俱灰。他徒步前行，只有两个副官陪同着他。

随后，城市便笼罩在一片沉寂中，人们怀着惴惴不安的心情默默地等待着。许多大肚子富翁焦虑地等待着战胜者的到来，同时也担心着他们的烤肉铁扦或厨刀会不会被当成武器对待，一想起来他们都觉得心惊肉跳。

这座城市的生活仿佛停止了，店铺都关着门，街道寂静无声。偶尔有个居民出来，也被这种可怕的静寂吓坏了，急忙贴着墙脚迅速溜过。

焦虑不安的等待总是折磨人的，人们倒反而希望敌人能快点儿来。

就在法国军队撤走的第二天下午，不知从哪儿钻出来几个普鲁士的枪骑兵，他们从城市里飞速地穿过去。过了一些时候，从圣卡特里纳山坡上下来黑压压一大片人马，同时另外两大股入侵者也出现在达尔纳塔尔和布瓦吉奥姆两条大路上。这三支部队的前哨正好同时在市政府大厦前的广场上会合；接着德国军队便从附近各条路上过来了，一个营接着一个营，他们那沉重而有节奏的步伐踩得路面石板直嘎吱作响。

一些陌生的、喉音很重的口令的吆喝声，沿着那些死气沉沉的房屋传出来。与此同时，关闭着的百叶窗的后面，一双双眼睛都在窥探着这些胜利者。根据“战时法律”，他们是城市的主人，主宰着人们的生命和财产。居民们躲在遮得阴暗的房间里，就像遇到洪水泛滥和毁灭性的大地震一样，吓得心神不宁。面对眼前的一切，天大的聪明才智和力量也毫无用处。每当事物的既定秩序被推翻，人们的安全感不再存在，但凡人类的法律和自然法则保护的一切都听凭一种凶残的、不可理喻的暴力支配时，人们都会有这种感觉。地震把一方的人民全压死在倒塌的房屋下面；泛滥的江河把淹死的农民、牛的尸体和屋梁一起冲走；打了胜仗的不可一世的军队随心所欲地屠杀那些自卫的人，他们带走被俘的奴隶，挥舞着军刀大肆抢劫，甚至还以炮声向天主表示感谢，所有这一切都是惊心动魄的灾难，它彻底破坏了我们对永恒的正义女神的信仰，也使我们无法像人们教导我们的那样，再去信赖人类的理性和天主的庇佑。每家每户门口都有人数不多的小分队敲门，跟着便进入屋内。这是入侵以后随之而来的占领行动。战败者开始履行义务，他们对战胜者必须表现得谦恭温顺。

过了几天，最初的恐惧一旦消失后，一种新的宁静气氛就会建立起来。在很多人家，普鲁士军官上了主人家的餐桌。有的军官也很有教养，出于礼貌，他们还表示出对法国的一种同情，说自己参加这次战争也是迫不得已的行为。对这种看法人们当然表示感谢，何况说不定哪一天他们还会需要他的保护；再者说，把他款待好了，也许还可以少供养几个士兵呢。为什么要去得罪一个完全可以依靠的人呢？冒犯他们，与其说是勇敢，还不如说是鲁莽，而鲁莽这一毛病鲁昂市民已不会再犯，他们深知，当年英勇保卫鲁昂，使这座城市名扬天下的时代已经过去了。最后，人们总算找到了一条至高无上的理由：作为法国人应有的礼貌，在家中谦恭待客还是完全可以的，只要在公共场合不跟异国士兵表示亲热就行了。于是在外面大家好像不认识一般，而在家里他们却可以快快乐乐的谈话，以至每天晚上，德国军官在主人家里壁炉前烤火的时间也就更长了。

虽然城市渐渐恢复了它原本平静的状态，法国人出来的仍然很少，不过街上普鲁士士兵却随处可见。那些不可一世的穿蓝色轻骑兵制服的军官拖着很长的大军刀在街上大摇大摆。不过比起去年同是在这几家咖啡馆里喝酒的法国步兵的军官来说，他们对普通老百姓的轻蔑程度并不见得更加明显。

不过空气中总有点儿什么东西，一种微妙陌生的东西，一种使人难以忍受的异样气氛，好像有一种散开来的气味，这就是侵略的气味。这种气味弥漫在各家各户以及公共场所，它使饮食变了滋味，使人感到仿佛旅居在遥远的、既野蛮又危险的部落之中。

战胜者贪得无厌地索取钱财，居民们总是照付不误，好在他们有的是钱。不过对于一个诺曼底商人而言，他们愈是有钱就愈吝啬，他们看不得自己任何一点钱财落到别人手里，哪怕要他们做出一点点牺牲，他们也心疼不已。

与此同时，就在城外沿着河流往下两三法里，靠近十字洲、迪耶普达尔或比萨尔那一带，船民和渔夫经常从水底捞起穿着制服的、浸得肿胀了的德国人的尸体。他们有的是被人一刀砍死或一脚踢死的，有的是脑袋被石头碰坏或者从桥上被人推下去落到水里的。河底的淤泥掩藏着这些暗中进行的虽野蛮却合法的报复，这种隐名的英雄行为，无声的袭击，比起光天化日之下进行的战斗来，显得更加危险，然而他们却默默无闻没有荣誉的赞扬和光耀。

因为对异族的仇恨，总会激起一些无畏的人为着某种信念随时准备献身。

最后，虽然侵略者迫使全城人都遵守他们铁的纪律，不过传闻中他们在胜利进军时所犯下的暴行，倒是一件也没有在这里出现。由于流言总在重复，已经不值得再去相信，人们便渐渐壮起了胆子，当地那些会做生意的人又蠢蠢欲动，其中有几个人在当时还由法军占领着的勒阿弗尔港有大笔投资，他们打算从陆路先到迪耶普，然后再乘海船到那个港口去。

有人利用结识的几个德国军官的影响，终于在总司令那儿弄到了一张出境证，并为了这趟旅行定下了一辆四匹马拉的大驿车。有十个人在车主家报名登记，他们还决定星期二早晨天不亮就出发，免得招来许多人看热闹。

几天来，地面由于严寒已经冻得很硬。到了星期一午后三点左右，成堆的乌云带着雪片从北方飞过来，一直下到天黑又下到深夜，没有停止。

在午后四点左右，地面结冻，旅客都来到了诺曼底旅馆的天井里，也就是上车的地方。

他们都还睡意沉沉，身子在衣服里瑟瑟发抖。在黑暗中他们谁也看不清谁，而且冬季的厚衣服把他们的身子堆得像是穿上长袍的肥胖教士。不过还是有两个旅客互相认出来了，第三个就向他们身边走去，他们开始聊天了。

一个人说：“我把我的妻子也一起带走。”另两个紧接着说“我也带走”，“我也一样”。第一个又补充说：“我们可能不回鲁昂了，要是普鲁士人向勒阿弗尔推进，我们就到英国去。”三个人的性格脾气都相似，所以做了一样的计划。

这时候，套车的人还是没有来。有时马车夫提着一盏小马灯从一扇黑洞洞的门里走出来，转瞬间又消失在另一扇门里。屋子深处传来一个男子和牲口说话的叱骂的声音，还有马蹄踩地的声音；由于地上铺着做厩肥用的干草，所以蹄声倒也不大。一阵轻微的铃铛声说明有人在搬动马具；这一轻微的响声很快变成一种清脆的、持续不断的铃铛的晃动声，随着马的身体活动，铃声时快时慢，有时停下来，有时又剧烈地响起来，中间还伴着马的铁蹄踏在地上沉闷的声音。就在这时，门突然关上，所有的声音都没有了。

这几个冻僵了的大商人都不再讲话，直挺挺地站在那里。

连绵不断的如同棉絮一般的雪花，构成一幅白色的帷幕，一面向地面落下来，一面在半空中闪闪地发着光，它给所有的东西都撒上一层冰冷的泡沫，以致它们的外形看过去模糊不清。

这个被严冬掩埋起来的城市静悄悄的，一点声音都没有，除了雪花落地时那种隐隐约约、若有若无、难以名状的声响外，什么都听不见。不过这与其说是声音还不如说是感觉。这些混杂在一起的又轻又细的碎屑，仿佛充满了天地间，覆盖了整个世界。

那个马车夫又带着风灯出来了，他牵着一匹耷拉着脑袋的马，这匹马看样子并不情愿出来。他把马拉到车辕跟前，套上缰绳。为了把这些鞍具系得更牢固些，他围着马前前后后转了好久，因为他只能用一只手来系，另一只手还要擎着马灯。就在他准备去牵第二匹马时，他注意到那几个站在那里一动不动、浑身上下已经白得像个雪人似的旅客，于是，便对他们说："你们为什么不上车上去坐着呢？至少那是有遮盖的。"

大概他们之前没有想到过是可以上车的，这时候被马车夫一说，他们才赶忙向车子走去。三个男旅客将他们的妻子安排在最前排的位置，之后他们自己也都跟着上来。而另外那些遮头盖面看不清模样的旅客彼此没有交谈一句话，就坐在剩下的位子上了。

车厢里的地板上铺着一些麦秸，旅客们为了取暖，把脚都藏在那里面了。那些坐在前面的女客都带着一种用化学炭做燃料的小铜手炉；她们将化学炭燃着，然后放低声音，轻轻数说这种手炉的优点，互相重复地说着这些大家其实早已知道的事情。

马车终于套好了，一共六匹马而不是原定的四匹；考虑到车重路滑，拉起来很费力，所以车主又增加了两匹。

车外有人问道："都上车了吗?"

车内有人回答："都上车了。"

之后，马车便启程了。

马车一小步一小步地前进着，走得很慢很慢。车轮陷在雪里；整个车厢像呻吟似地咯吱咯吱地响着；六匹马走一步滑一步，累得气喘吁吁，全身都冒着热气；车夫手里那条又粗又长的鞭子不停地噼啪作响，在空中来回飞舞，像一条长蛇一样，时而蜷缩，时而伸展。有时车夫扬起马鞭，突然一下，狠狠抽在一匹马蹶起的臀部，马受到狠狠的一击便紧张地奔跑起来。

这时天已在不知不觉中亮了起来。像棉絮般轻盈的雪花——车厢里一个土生土长的鲁昂人把它比作棉花——已经不再下了。一道昏暗的光线透过又厚又浓的乌云射下来，照在白茫茫的田野上显得更加耀眼；田野里时而出现一排枝干披着冰凌的大树，时而出现一座屋顶戴着雪帽的茅屋。

在车厢里，大家借着黎明时分暗淡的光线，彼此间互相好奇地打量着。

车厢最里边最舒服的位置上，两个人正面对面坐着打瞌睡，那是大桥街酒批发商卢瓦佐先生和他的太太。

卢瓦佐从前曾是一家商店的伙计，东家生意破产以后，他把商店盘下来，后来竟发了财。他专门把质量非常差的酒以非常低的价格卖给乡下的零售商，因此在他朋友和认识他的人的眼中，他就是一个狡猾的骗子，一个表面上看着乐呵呵实则满肚子阴谋诡计的人。他这种偷偷摸摸的骗子名声已是尽人皆知，以致有一天在省长自家客厅举办的政府晚会上，被人使用同意异义的字眼把他这个用“鸟”字做姓的人戏谑了一番。戏谑他的不是别人，正是以思想敏锐、文笔细腻著称的寓言和歌谣作家图尔内尔先生，要知道他在当地可是一位名人，更是地方上的一种光荣。那天晚上他看见太太们都打瞌睡了，便提议来做“鸟翩跹”的游戏；有人从他戏谑的语气中明白了他想说的原是“鸟骗钱”。这一来，“鸟翩跹”这一双关妙语顿时传遍了全城，从省长的客厅飞到全城的沙龙，其结果是：全省的人张大嘴巴整整笑了一个月。

卢瓦佐出名还因为他喜欢恶作剧，专门和人开各种善意的或恶意的玩笑；因此只要提到他，不管是谁都会立刻加上一句：“这只鸟真是妙不可言！”

卢瓦佐是个小个子的诺曼底人，却挺着一个气球一样的大肚子，球上面是一张朱砂色的脸，夹在两边花白颊髯中间。

相比较他的矮小，他的妻子则是个高大、强壮的女人，她沉着、大嗓门，而且做生意又快又坚决，在那个被他兴高采烈的活跃性所鼓舞的店里简直是一种权威。

坐在卢瓦佐夫妇旁边的，是神气十足、属于更高一个等级的卡雷·拉马东先生。这可是个了不起的人物，拥有三家纺织厂，在棉纺界举足轻重。此外，他还得过法国四级荣誉勋章，又是省议会议员。在整个帝国时期，他一直是温和的反对派的领袖，唯一的目的，用他自己的话来说，就是用“钝头武器”攻击对方，然后再附和对方，以便得到更多的报偿。

坐在卡雷·拉马东对面的，是他的太太。显然，卡雷·拉马东太太看上去要比她的丈夫年轻得多，而且一直以来，她都是鲁昂驻军当中出身名门的军官们的安慰品。

此刻，卡雷·拉马东太太正蜷缩在她的皮大衣里，看上去娇小玲珑，很美貌；她看着这寒碜简陋的车厢，好像很痛心。

他们俩的身旁坐着于贝尔·德·布雷维尔伯爵和伯爵夫人，他们的姓氏是诺曼底省最古老、最高尚的姓氏之一。伯爵是个气度不凡的老绅士，他通过巧妙的打扮，尽力突出他和亨利四世国王天生的相似之处。根据他们家族中的一个光荣的传说，亨利四世曾使布雷维尔家的一个女子珠胎暗结，因为这，那个女子的丈夫后来被封为伯爵，并做了本省的巡抚。

于贝尔伯爵和卡雷·拉马东同是省议会的议员，此外，他还是全省奥尔良派的代表。人们有时候总在揣测，到底是出于什么原因，他选择娶南特市一个小船主的女儿作为妻子，这段历史一直是个谜。不过由于伯爵夫人雍容大方，待人接物彬彬有礼，人们甚至议论说她曾被路易·菲力浦的一位王子爱上过，总之，当地的整个贵族阶级对她都很热情。她家的客厅在当地始终是首屈一指的，也是唯一一处保持古老的温雅风气的地方，所以，想要进去是要费些周章的。

于贝尔伯爵家的财产全是不动产，据说每年收入高达五十万法郎。

这六个人成为这辆车子的基本旅客。他们都属于社会上有固定收入、有权有势的一类人，全是信仰宗教、崇奉道德、享有威望的人。

由于机缘巧合，这三个女人同坐到一条长凳上来了。伯爵夫人的身旁坐着两个修女，她们正一面捏着长串的念珠一面念着天父和祷告。其中一个修女年纪比较老，脸上全是麻子，就好像她的脸上曾经近距离地中了排炮的许多散子似的；另一个修女看上去很虚弱，她有一张漂亮而带病态的脸蛋和一个明显有着肺病的胸脯，那正是使她们毁坏肉体而成圣徒的吃人的信仰侵蚀了她的健康。两个修女的对面，有一个男的和一个女的吸引着全体的视线。

男的在当地非常有名，就是被称作民主党人的科尔尼代，也是那些有身份人眼中的危险人物。二十年来，他的那把红棕色的大胡子一直浸在所有有民主倾向的咖啡馆中的大杯啤酒里。他和他的兄弟以及朋友们吃光了他的父亲——从前的糖果商——留给他的一份很是可观的财产，他眼巴巴地等待着共和国的诞生，希望最终能获得与他消耗了这么多革命啤酒相匹配的地位。九月四日那一天，大概是有人跟他恶作剧，他以为自己已被任命为省长了，不过就在他去上任时，当时成为办公室里唯一主人的那些侍役都拒绝服从他，逼得他不得不退了出来。不过他倒确实是个热心人，与人无争而且乐于助人；曾经他以全部的热情忙于筹划鲁昂的防御事宜，他带着人在原野上挖了许多洞，还把附近森林里的小树全部砍倒，在所有道路上设下陷阱；等到敌人快要逼近时，他认为已经有备无患了，便以很快的速度，心安理得地撤退到城里来。结果可想而知。现在他想，如果他到勒阿弗尔去会更有用武之地，因为那里马上就要构筑新的防御工事了，这是必须的。

女的是一个被人称作妓女的人；由于过早的成熟和过分的丰腴出了名，并得了一个恰如其分的诨名，叫做“羊脂球”。“羊脂球”身材娇小，全身圆滚滚的，胖得几乎要流油。就连她的手指都是胀鼓鼓的，只是在节骨处收缩一点，好像一串串短而肥的香肠。她的皮肤紧绷绷的，富有光泽，一对丰满得异乎寻常的胸脯在衣服里高高耸起。尽管如此，她依旧很诱人，到处受人追逐，因为她那鲜嫩的色泽实在叫人动心。她的脸蛋更是娇嫩，简直像极了一个鲜艳的红苹果，又像一朵含苞待放的芍药。两只漂亮的黑眼睛在她的脸的上方闪烁着，眼睛四周遮着一圈又深又密的睫毛，睫毛的倒影映在眼里很是迷人。在她的脸的下方，是一张迷人的小嘴唇，嘴唇丰润，仿佛天生是用来接吻的，一口细碎的牙齿在小嘴里闪闪发光。

此外，人们还说她具备种种无从评价的品质。

她一下被人认出来之后，马上引起那几个正派女人的窃窃私语，什么“婊子”啊，“社会的耻辱”啊，叽叽喳喳的声音高得使她抬起了头。这时，她以大胆而极富挑衅的目光扫视了一番她的这些邻座之后，车厢内便马上肃静下来，大家都垂下眼帘不再说话，只有卢瓦佐例外，他还是带着轻佻的神色窥视着她。

但很快，窃窃的交谈又在这三位太太之间重新开始了，好像眼前这个妓女的存在令她们在突然之间成了朋友，而且几乎是亲密无间的朋友了。好像她们觉得，在这个不知羞耻的卖淫妇面前，她们必须团结一致，把她们做妻子的尊严显示出来才行，因为法定爱情向来高于自由爱情。

那三个男人也是这样，一见到科尔尼代，出于保守派的一种本能，他们互相之间更加接近起来。他们开始用一种蔑视穷人的姿态谈论着钱财。于贝尔伯爵谈到由于普鲁士人的到来，牲畜被抢和庄稼无收将会使他蒙受一些损失。不过他说话的口气好像一个万贯家财的大领主那样满不在乎，仿佛所有这些灾难最多也就是让他困苦一年。

卡雷·拉马东先生在棉纺业中已备受磨难，所以预先做了准备，汇了六十万法郎到英国去，他把这笔钱当作是止渴的梨，可以用做不时之需。

至于卢瓦佐，他也早已做好了自己的安排，他把他存在地窖中的普通葡萄酒全部卖给了法国的军需部门，因此政府欠了他一笔巨款，如今，他一心想到勒阿弗尔去把这笔钱领到手。

这三个人谈得异常亲热，频频交换着友好的目光。尽管他们的现状各不相同，可是谈起钱来却情投意合，甚至令他们感觉彼此亲如兄弟。因为他们都是富豪行会中的一员，所以他们只要将手一插进裤袋，就会弄得金币叮当作响。

驿车走得很慢，到了上午十点钟还未走上四法里。每逢上坡乘客都得徒步，为此，男人们已经下了三次车。本来，他们是要在托特吃午饭的，现在看来天黑以前根本没有希望到达那里；大家开始不安起来，每个人都留神看着，希望能在大路上发现一家小酒店，可偏偏这时马车又陷进雪坑里，花了两个小时才好不容易把它拖出来。

这时，大家已经饥肠辘辘，饿得心中发慌了，但沿途看不到一家小饭店或小酒店，由于普鲁士人的迫近和饥饿的法国军队不断路过，把所有的生意人都吓跑了。

几位先生跑到路边的农庄里去找吃的，但他们连一块面包也没有找到。心怀疑惧的农民担心自己被士兵们抢劫，把储存的食品都藏了起来，因为那些大兵什么吃的也没有，见到什么就抢什么。

到了下午一点钟光景，卢瓦佐称他感到他的胃肯定已经饿瘪了，其实大家和他一样，早已饿得十分难受了。后来，他们想吃东西的欲望越来越强烈，就连谈话的兴致也没有了。

开始有人不时地打呵欠，一个人打了之后另一个几乎马上就跟着打，于是每个人都轮着打起来。由于各人的性格、教养和身份地位不同，有的张大嘴巴打得响声如雷，有的声音很轻，而且嘴一张开马上就用手挡住这冒出热气的偌大的洞口。

有好几次，羊脂球弯下身子去，好像在她的裙子底下寻找什么东西。她每次都犹豫了一下，看看身边的人，随后又若无其事地直起腰来。大家都脸色苍白，皱着眉头。卢瓦佐称他愿出一千法郎买一只肘子，可他刚一说完，她的妻子便做了一个手势好像表示反对，随后又安静下来。每当卢瓦佐的妻子听到要破费钱财时，心里总不好受，只要涉及到花钱的事，连开玩笑她都会当成真的。

伯爵说："我确实也感到不太舒服，我怎么没有想到带点吃的东西出来呢？"车厢里的每个人都在这样责怪自己。

科尔尼代倒是带了满满一水壶酒，他拿出来给大家，被大家冷冷地谢绝了。只有卢瓦佐接受了，他拿过来喝了几小口，在归还酒壶时他道谢说："这还是很不错的，可以暖暖身子，也可以骗骗肚子。"

酒一下肚，卢瓦佐的兴致又高起来，他提议仿照歌谣里那条小船上的做法，将最胖的一个旅客分而食之。这句影射羊脂球的话，跑到那些有教养的人的耳朵里，显然令他们觉得很刺耳，所以，根本没有人搭理他，只有科尔尼代微微一笑。两个修女已经停止念经，双手抄在肥大的袖笼里，一动不动地坐着，两眼死死地望着地面，肯定是正在把领受上天赐予的痛苦作为自己的奉献。

下午三点钟，马车来到一片无边无际的平原中央，一眼望去一个村子也没有。这时，羊脂球突然弯下身子，从长凳下面拖出一只上面盖着白色餐巾的大提篮来。

她先从提篮里取出一只陶质的小盆子，一只精巧的杯子，随后又取出一只很大的瓦钵子，那里面盛着两只切开的子鸡，四面全是冻胶。后来大家又看见在她旁边的提篮里还有好些包着的好东西：蛋糕、水果、甜食。不用说，这一切食物都是她为三天旅行而预备的，这样一来，她简直可以不必和客店里的厨房打交道。在这些食物包裹之间还伸着四个酒瓶的颈子，她取了一只子鸡的翅膀斯斯文文的配着小面包吃，小面包就是在诺曼底被人叫做“摄政王”的那种。

此时，车内所有人的目光都向她射去。随着香气四溢，大家的鼻孔都张大了，嘴里涌出大量的口水，耳朵下面的颌骨也紧张得发痛。几位太太对这个妓女的憎恨在这一刻，简直达到了极点，她们恨不得杀了她，或者把她连同她的酒杯、提篮，以及那些吃的东西统统扔到车下的雪地里去。

然而卢瓦佐的双眼却死死地盯住那只盛有子鸡的钵子。他说：“妙极了，这位太太比我们有远见。有些人总是处处想得很周到。”

羊脂球抬起头来朝他说：“您要不要来一点儿，先生？从早上到现在一点东西都没有吃可真够受的。”

卢瓦佐听了，向她躬了躬身，说道：“真的，说老实话，我还真是难以拒绝，我现在饿得实在是支持不住了。战争时期就得按战争时期办。是不是，太太?”他说着扫视了周围一眼，又说道：“在眼下这种时刻，遇到乐于助人的人，真是叫人高兴啊!”

他说完，就把身边的一张报纸摊开放在双膝上，以免弄脏裤子，随即他又从口袋内掏出随身携带的小刀，然后用刀尖挑起一只沾满肉冻的鸡腿，用牙齿把它撕碎后，便津津有味地咀嚼起来。他吃得这么有滋有味，引起车厢内一片懊丧的叹气声。

这时，羊脂球又说话了，她用谦卑而温和的语气邀请两位修女和她一起共享她的小吃。两位修女立刻接受了。她们连眼睛也没有抬，结结巴巴地道谢之后就很快地吃了起来。科尔尼代也不再拒绝他的女邻座的邀请，和两个修女一起把报纸摊在膝上当作桌子，开吃起来。

这几张嘴不停地开了又闭，闭了又开，狼吞虎咽地吃着。卢瓦佐待在他的那个角落里一边起劲地咀嚼，一边悄声劝他的妻子也照他的样子去做。她先是抵制了好一会儿，后来五脏六腑一阵抽搐，实在是饿得很难受，最后才服从了。卢瓦佐于是婉转地问他的“可爱的旅伴”，能不能允许他拿一小块鸡给他妻子。羊脂球回答道："当然，先生，这还用说。"她一面说，一面带着十分亲切的微笑把钵子递过去。

第一瓶葡萄酒打开以后，出现了一个尴尬的问题：只有一只酒杯。于是只好前一个人喝完后把杯子抹一下再递给后面的人。只有科尔尼代，肯定是为了献殷勤，偏偏故意把自己的嘴唇放在他的女邻座的嘴唇沾过的还没有干的地方喝。

这时候，德·布雷维尔伯爵和伯爵夫人以及卡雷·拉马东先生和太太被围坐在这些又吃又喝的人中间，食物散发出的香气已经使他们透不过气来，他们不得不忍受着那可恶的叫做"坦塔罗斯的痛苦"的折磨。突然，卡雷·拉马东先生年轻的妻子发出一声叹息，引得大家都向她转过头去，只见她此刻的脸色就像车外地面上的雪一样白，她两眼紧闭，头耷拉着，显然她已经晕过去了。她的丈夫卡雷·拉马东先生吓慌了，央求大家帮助，大家都不知所措，谁都没有什么好的主意。这时那个年纪大的修女把病人的头托起来，将羊脂球的酒杯放在她的双唇间，让她吞了几滴酒下去。随后，这位漂亮的太太动弹了一下，眼睛睁开了，露出一丝笑意，并用微弱的声音说现在她已感觉好多了。不过为了防止她再次失去知觉，那个修女又强迫她喝了满满一杯波尔多酒，并说了句："没有什么，她是饿晕的。"

这时羊脂球的脸涨得通红，她觉得十分尴尬。于是，她看着这四个还没有吃东西的旅客嗫嚅地说："天啊，我不知道是不是可以请这几位先生和太太……"说到这里，她就住口不再讲下去了，生怕遭到没趣。

卢瓦佐接过话头说道："哎呀，自然，在这种情况下，大家都是兄弟姐妹，应该互相帮助。来吧，两位太太，别讲礼节了，领人家的情吧！真要命，我们还不知道今晚能不能找到一个过夜的住所呢！照我们现在这种走法，明天上午也到不了托特！"

因为没有人愿意出头承担接受这番好意的责任，所以那几个人还在迟迟疑疑的。最后还是伯爵果断地把问题解决了。他转过脸去看向有些胆怯的羊脂球，摆出一副高贵的绅士派头，对她说道："我们领情了，谢谢，夫人。"

万事开头难，第一步最费事儿了。卢比孔河一旦跨过，大家就放开肚皮吃喝起来。提篮很快空了。里面原来还有一罐鹅肝酱，一罐肥云雀冻，一段熏牛舌，一些克拉萨纳的梨子，一块主教桥面包房的方面包，几块小蛋糕和满满一茶缸醋泡的乳黄瓜和洋葱头。和所有女人一样，羊脂球也像其他夫人一样最爱吃生的蔬菜。

肚子算是填饱了，大家觉得不能吃了这个妓女的东西却不跟她讲话，于是开始交谈起来。起先他们之间还有点保留，后来见她谈吐非常得体，也就比较随便了。德·布雷维尔太太和卡雷·拉马东太太都是很有教养、通晓人情世故的人，懂得在一些细小的地方让自己显得和蔼可亲，又不失身份。尤其是伯爵夫人，她显出一副跟任何人接触都不怕自己被玷污的那种贵妇人的态度，虽然居高临下却又不失亲切，所以很讨人喜欢。但那位身强力壮的卢瓦佐太太却生就一颗顽固不化的脑袋，态度还是那么死气沉沉，她话说得很少，东西却吃得很多。

自然而然地大家谈起了战争，讲了一些普鲁士人的残暴行为和法兰西人的英勇事迹。这些逃跑的人却全都崇敬别人的勇敢。很快话题转到各自的经历上来。羊脂球怀着由衷的激动，用姑娘们来表达她们内心的愤怒时常用的激烈的语言，叙述她是怎样离开鲁昂的。

羊脂球说："我原来以为我可以留下来，我家里储足了食品，我宁可供养几个士兵也不愿背井离乡四处流浪。但当我一看到他们，看到这些普鲁士人之后，我就忍不住了，一看到他们我就气不打一处来！我羞愧得哭了一整天。唉！

我要是男人就好了，我一定跟他们干！我从窗户里看着这些戴着尖顶头盔的大肥猪，我的女仆抓住我的手，不让我把家具向他们的头上砸下去。后来他们要住到我的家里来，当第一个走进来时我便扑上去掐住他的喉咙，掐死他并不见得比掐死别人难！要不是有人抓住我的头发往后拉，我一定会把这个家伙结果了。这件事发生以后，我只好躲起来，最后终于找到一个机会逃了出来，上了这辆车。”

她这一勇敢的举动，使得大家对她称赞不已。她在这些旅伴心目中的地位突然高大了起来，因为他们没有人表现得像她这样勇敢。科尔尼代听时脸上的神情就像一位神甫在倾听他的信徒颂扬天主，一直带着传教士的那种亲切嘉许的微笑。正如那些穿长袍的教士拥有宗教的专利权一样，这些留着大胡子的民主党人也拥有爱国主义的专利权。轮到他说话时，他用说教的口吻，学着那些每天贴在墙上的宣言中的夸张的词语，慷慨激昂地讲着，最后还发表了一段精彩的演说，把那个“巴丹盖恶棍”狠狠地斥责了一番。

不过这一下可惹恼了羊脂球，因为她是波拿巴党。此时，她的脸涨得比樱桃还要红，气得说话都结巴起来。她说：“我倒要看看你们，你们这帮人处在他的位置上会怎么样。那可就有好看的了，肯定的！是你们背叛了他，背叛了这个人！要是由你们这帮不负责任的家伙来统治，我想大家只有离开法国了！”

听罢羊脂球的这番话，科尔尼代的脸色没有变，还带着一丝高高在上的轻蔑微笑，不过大家似乎都预感到下面骂人的脏话就要出口了。这时幸亏伯爵出来调停，他用权威的口吻宣称所有真诚的意见都应受到尊重，才好不容易平息了这个姑娘的怒气。伯爵夫人和棉纺厂老板卡雷·拉马东先生的夫人同所有体面人一样，从心眼里对共和国就有一股莫名其妙的怨恨，同时又像所有女人一样，对威风凛凛的专制政府怀有一种天生的柔情，因此不由自主地被这个充满尊严的妓女所吸引，她们觉得她感情崇高，和她们多么相像。

提篮已经空了。十个人吃光一提篮食品是不费什么事的，只可惜提篮不能再大一些。谈话又继续了一会儿，不过东西吃完后却多少还是有些冷落。

夜色愈来愈浓。人在消化食物时更容易感到寒冷。羊脂球尽管脂肪较多却也冷得直打哆嗦。德·布雷维尔夫人的小手炉从早上到现在已经换了好几次炭，这时她表示愿意借给羊脂球用，羊脂球马上接受了，因为她觉得自己的双脚已经冻僵了。卡雷·拉马东太太和卢瓦佐太太也把她们的手炉借给了那两个修女用。

马车夫已经点起风灯。跳动的灯光照出正在出汗的辕马的臀部上方，有一片热腾腾的水汽。在闪烁不定的反光下，道路两旁的雪地好像随着车子的前进在逐渐向后面展开。

车厢内已经什么都看不见了，但在羊脂球和科尔尼代之间突然有一下骚动；卢瓦佐竭力用眼睛在黑暗中搜索，他相信他看到这个大胡子男人飞快地往旁边一闪，好像被人狠狠地打了一拳。

道路前方出现了点点灯光，托特终于到了。

马车走了十一个小时，连同途中四次停下让马休息和吃燕麦的两个小时，一共走了十三个小时。现在马车进入市镇，在通商旅馆门前停了下来。车门打开了，一阵非常熟悉的声音使得所有旅客吃了一惊，那是军刀皮鞘碰击地面的声响，紧接着是一个德国人吼叫的声音。尽管驿车已经停稳，却没有一个人下车，好像一下车就要有杀身之祸似的。这时车夫出现了，他提着一盏马灯，明晃晃的灯光突然把车厢照亮了，一直照到最里头，照出两排惊恐不安的面孔。这些人因为吃惊和害怕，一个个都张着嘴巴，睁大眼睛。车夫身旁，灯光下站着一个德国军官，这是一个瘦得出奇的高个子青年，金黄色的头发，身子紧紧裹在军服里，就像穿着紧身衣的姑娘一样。军官的头上歪戴着一顶平顶漆布军帽，活像一个英国旅馆里穿制服的侍役。他的小胡子特别大，一根根胡子的毛又长又直，向两边翘上去，越到后面越稀，最后只剩下一根金黄色的细丝，细得叫人几乎看不见它的末梢。这两撇小胡子沉甸甸地压在他的嘴唇上，将脸拉长，并在嘴唇上方压出一道下垂的褶印。

他用一口阿尔萨斯口音的法国话请旅客们出来，他的口气很生硬："你们愿不愿意下车，先生们和太太们?"

首先服从的是两个修女，这些圣女已经习惯于听命一切权势，所以驯服地走下车来；接着出来的是伯爵和伯爵夫人，后面跟着棉纺厂老板卡雷·拉马东先生和他的妻子，再后面是卢瓦佐夫妇，不过卢瓦佐把他的大个子老婆推在自己前面；他的脚一落地，就向军官说了一声："您好，先生。"这是出于小心谨慎而并非礼貌。而那个军官却像所有握有至高无上权力的人一样，傲慢地睨了他一眼，根本不搭理。

尽管羊脂球和科尔尼代坐在车门口，下车却在最后，并且在敌人面前保持着严肃高傲的神态。胖姑娘努力控制自己，不让自己激动；那个民主党人则颤巍巍地举起一只手，使劲地捋他的火红的长胡子，颇有点悲剧味道。他们都懂得在这种双方相遇的场合，每个人都多多少少代表着自己的国家，因此都想保持一点尊严；他们对自己的旅伴们的恭顺都看不惯。羊脂球竭力想表现得比她邻座的几个正经女人更自尊；而科尔尼代呢，他觉得自己完全应该做出榜样，一举一动都继续表现出当初在路上挖壕沟时就负有的那种抗敌的使命。

大家走进旅店宽敞的厨房。德国军官要他们呈验总司令签署的离境许可证。日耳曼人叫他们出示了那份由总司令签了名的出境证，那上面是载着每一个旅客的姓名、年龄和职业的，他长久地端详着这一行人，把他们本人和书面记载来作比较。

后来他突然说：“这对了。”说完便走开了。

这时每个人才松了一口气。由于大家肚子还饿，就吩咐旅店准备晚饭。晚饭半个小时以后才能好，两个女仆看样子正在忙着，大家就去参观房间。房间全在一条长长的走廊上，走廊尽头是一扇玻璃门，上面标注着一个表示意义的号码。

终于就要吃饭了，这时旅店的老板出现了。这个人过去是个马贩子，是一个患着哮喘病的胖子，喉咙里整天发出一种近乎呼啸的声音还夹带着痰响。他父亲传给他的姓氏是福朗维。

他问道："哪位是伊丽莎白·鲁塞小姐？"

羊脂球一惊，转身回答道："我就是。"

"小姐，普鲁士军官要马上和您谈话。"

"和我？"

"是的，如果您确实是伊丽莎白·鲁塞小姐。"

羊脂球的心突然慌乱起来，不知如何是好，她稍许考虑了一下，然后果断地回答道："可能是找我的，但我不去。"

顷刻间，周围产生了一阵骚动，每个人都在发表意见，探究下达这一命令的原因。伯爵走到她的身边说："您这就不对了，太太，因为您的拒绝可能会引起很大的麻烦，不仅对您不利，甚至对您所有的旅伴也一样。所以，任何时候，绝不要和有权势的人作对。去一趟肯定不会有什么危险，估计总是有什么手续疏忽了。"

大家也都围到她的身边来，恳求她、催促她，并跟她讲道理。因为大家都害怕这个姑娘一时的冲动会引起意外的麻烦，大家终于说服了她。最后她说道：“我确实是为了各位才这样做的！”

伯爵夫人抓住她的手说道：“谢谢，我们大家都感谢您。”

她走了。大家都坐等她回来再开饭。每个人都在懊恼。想着为什么被请去的不是自己，偏偏请了这个性格暴躁的姑娘去，同时心里都在默默准备着，万一叫到自己时该讲些什么阿谀奉承的话。

十分钟以后，羊脂球气喘吁吁地回来了，她脸涨得通红，气得说不出话来，只是结结巴巴地说：“呸！这个浑蛋！浑蛋！”

大家都急于知道是怎么回事，但她什么也不说。由于伯爵再三追问，她才神色庄严地回答：“不，这件事跟大家都没关系，我不能说。”

于是大家围着一个高大的汤盆坐下来，汤盆里飘出白菜的香味。尽管才受了惊慌，不过晚饭大家吃得还是很愉快。苹果酒味道很好，卢瓦佐夫妇和两个修女为了省钱，喝的就是这种酒。科尔尼代要的是啤酒，其他人则要了葡萄酒。科尔尼代喝啤酒有一套独特的方式，他用一种与众不同的方法打开瓶塞，并让啤酒冒出泡沫来，然后把酒杯举到灯前，把杯子倾斜着，再用眼睛仔细端详，以便更好地欣赏它的颜色。他喝酒的时候，他的那把大胡子——它的颜色正好和他喜爱的饮料相同——好像也欢喜得微微颤抖起来。他的眼睛斜睨着手里的啤酒杯，一眨也不眨，神情就像在履行他的生平唯一的，他就是为之降生的职责似的。简直可以说，他已把他毕生的两大嗜好——浅色啤酒和革命——在头脑里牢牢联系起来，甚至水乳交融，因此在领略其中之一的滋味的时候，绝对不会不想到另一个。

福朗维先生和太太坐在桌子的另一头吃晚饭。丈夫像个精疲力竭的火车头，不住嘶哑地喘息着，由于胸口起伏太频繁，他此时已经无力说话了，但他的妻子却滔滔不绝。她讲述普鲁士人到来以后给她的各种印象，他们的所作所为。她恨他们，首先因为他们害她损失了很多钱，其次因为她有两个儿子在军队里。她讲话时专门向着伯爵夫人，因为她觉得能和一位有身份的人交谈，是一件非常荣幸的事情。

后来她又放低声音讲了一些不能公开讲的事情。她的丈夫不时拦阻她，说："福朗维太太，你还是少说点儿吧。"

但她不管，还是照常讲她的。她接着说：“是的，夫人，这些人啊，他们就会吃土豆和猪肉，吃来吃去就是土豆和猪肉。不要以为他们干净，嘿！不是的。请您原谅我说话粗鲁，他们到处拉屎撒尿。要是您看到他们操练才有趣呢，这些士兵全都集合在那边一块空地上，一连几个钟点，甚至一连几天就是向前走，向后走，向这边转，向那边转。他们如果去种地或者回家去修路不更好吗？但他们不，夫人，这些人，这些当兵的对谁都没有用！难道可怜的老百姓养活他们就是让他们什么都不学，只学杀人吗？当然，我不过是个无知无识的妇人，但当我看到他们从早到晚就这么踏过来踏过去，把自己累得精疲力尽时，我心里就想，有些人发明了那么多东西，为的是对人有好处，而另一些人吃尽辛苦，却只是为了去损害别人，难道非要这样不可吗？杀人不是一件坏透了的事情吗？不管你杀的是普鲁士人，还是英国人、波兰人、法国人。假如有人伤害了你，如果你去报复他，你就要受到惩罚，因为你是不对的；但有人用枪像打野味一样屠杀我们的孩子，杀得最凶的人反而得到勋章，这不变成杀人的人是对的了吗？不，这到底是怎么回事，我永远弄不明白！”

科尔尼代提高嗓门说：“如果是攻击一个爱好和平的邻国，那么这种战争就是一种野蛮行为；如果是为了保卫祖国，那么这种战争就是一种神圣职责。”

福朗维太太低下头来说："是的，如果是为了自卫，当然是另一回事；但那些把战争当做儿戏的国王，难道不该全把他们杀了吗？"

福朗维太太的一番激昂的言语让科尔尼代的眼睛发亮起来。

"说得好极了，女公民！"他说。

卡雷·拉马东先生陷入了沉思。尽管一直以来，他都很崇拜那些声名显赫的统帅，不过就在此刻，这个农村妇女的见解却使他想了很多。他想：一个国家里有这么多只知道晃胳膊的游手好闲的人，这么大的力量偏偏只用在破坏而不用在生产上，弄得整个国家穷困不堪。如果把这些力量用在那些需要几个世纪才能完成的大工业建设上，那将带来多大的好处啊！

这时，卢瓦佐离开了他的座位，去和旅店老板福朗维先生轻言轻语地交谈起来。听了他的客人讲的一些很有趣的话，这个胖老板不停地大笑起来，由于笑得太大声，他又是咳嗽，又是吐痰，肥大的肚子也随着他的笑而一颠一颠的。很显然，他们交谈甚欢，福朗维先生还向卢瓦佐订购了六小桶波尔多葡萄酒，并约定明春交货，或许到那时普鲁士人该走了。

由于一天下来大家都累得腰酸背痛，晚饭一吃完便都去睡了。

但这时卢瓦佐已经觉察到有一些蹊跷，他安顿好老婆上床以后，就不时地把耳朵贴到门上的锁孔边去听，时而又用眼睛贴上去看，想发现一些他心目中的“走廊秘事。”大概一个小时以后，他果然听见一阵的声音，于是赶紧去张望。透过锁孔他看见羊脂球手里擎着一只小烛台，正向走廊尽头的厕所走去；她身上穿着一件镶着白色花边的蓝色细羊毛睡衣，显得比白天更加丰腴了。这时，走廊旁边有一扇门微微打开着，过了那么几分钟的样子，羊脂球回来了，不过当她回来时，她的身后却跟着穿着背带裤的科尔尼代。他们低声细语地在谈话，后来他们在走廊里站下来。看样子，羊脂球好像坚决不让他进入她的房间。可惜卢瓦佐听不清他们谈的是什么话，不过到最后由于他们提高了声音，他总算听到了几句。科尔尼代在热切地要求，他说：“好了啦，您可真傻，这对您又算得了什么呢？”

她听上去好像很气愤，回答说：“不，亲爱的，有些时候这种事情是不能干的。再说，在这里做这样的事更是一种耻辱。”

科尔尼代大概还无法理解她的意思，便问她原因。这一下可把她惹怒了，她发起火来，厉声说道：“为什么！您连为什么都不懂？普鲁士人不是就在这座房子里，说不定就在旁边的房间里呀？”

科尔尼代不出声了。一个妓女因为附近有敌人的缘故而坚决不肯让男人爱抚，想必这种爱国主义的廉耻心也唤起了他那已经微弱的自尊心。后来，他只是抱吻了她一下，便蹑手蹑脚地走回自己的房间去了。可看了这一幕的卢瓦佐的欲火却被点燃了起来。他离开锁孔，开始在房间里手舞足蹈，之后戴上睡帽，掀起盖在他妻子硬邦邦身体上的被子，他把她吻醒，喃喃地对她说：“你爱我吗，宝贝儿？”

夜已经深了，整座房子变得没有任何声音，不过很快，不知从什么地方又响起一阵单调有力、节奏均匀的打鼾的声音；至于方向却是搞不清楚的，也许是从地窖，也许是从阁楼发出的。这是一种低沉而持续的声音，还带着汽锅在蒸汽压力下颤抖的那种嘶鸣。这正是福朗维先生在酣睡中发出的声响。

由于大家原已决定第二天八点启程，所以，第二天收拾妥当后，所有人都提前来到厨房。不过，他们发现此时马车仍孤零零地停在院子中央，顶篷上盖满积雪，既没有马匹，也不见车夫。大家到马厩里、草料房里、车棚里去找车夫，但根本就没有看到车夫的影子，于是几个男乘客决定到镇上去找。

他们走出旅店，来到广场，广场正面有一座教堂，两边是一些低矮的房屋，可以看到有几个普鲁士兵在里面。他们先看到一个士兵在削土豆皮；再过去一点，又看到一个士兵在打扫理发铺子；还有一个络腮胡子一直长到鬓角的士兵，他抱着一个啼哭的婴儿，正放在膝上哄着他，想使他平息下来。还有那些丈夫都参加了“作战部队”的胖胖的农妇们，正在用手势指点着那些听话的战胜者去做他们该做的工作：劈木柴啦，把汤浇在面包上啦，磨咖啡啦；有一个士兵甚至在替他的女房东——一位年老的老奶奶洗衬衣。

伯爵看到这种情形很惊讶，就问一个正从本堂神甫住宅里走出来的教堂执事。这位极其虔诚的老教徒回答他说：“哦，这些士兵并不野蛮，据说他们不是普鲁士人，全是更远地方的人，我也说不清他们是从哪儿来的。他们也是一些可怜人呐，他们的老婆孩子全丢在家里了，瞧，战争不会使他们高兴的。我敢肯定，他们那边的妻子儿女在他们走后也在啼哭，战争给他们造成的不幸也和我们一样厉害。眼前这儿还不算太坏，因为他们还没有干什么坏事，而且他们像在自己家里一样干活。您看，先生，穷人之间必须互相帮助……要打仗的是那些大人物。”

战胜者和战败者之间建立了如此和谐的关系，眼前所见的这种情境让科尔尼代感到很气愤，于是他转身走开，他觉得他宁可把自己关在旅店里，也比看到这些要好得多。

卢瓦佐又拿出他一贯的作风，说了一句笑话：“他们在增加人口。”

卡雷·拉马东先生却说了一句严肃的话：“他们在将功赎罪。”

可是无论是广场上还是教堂里，他们还是找不到马车夫。到了最后，大家在镇上的咖啡馆里发现了他，他正和普鲁士军官的传令兵坐在一张桌子上，那感觉真是亲如兄弟。

伯爵责问他道：“大家不是吩咐过你八点钟套车的吗？”

“啊，一点不错，是吩咐过的，但后来人家又给我下了一道命令。”

“什么命令？”

“不准套车的命令。”

“是谁给你下这道命令的。”

“那还用说，当然是普鲁士指挥官哪！”

“为什么不让套车？”

“我哪里会知道什么原因。总之，人家不准我套车，我就不套车。就是这么回事。”

“这是他亲自对你说的吗？”

“不是的，先生，是旅店老板把命令转达给我的。”

“什么时候转达给你的？”

“昨天晚上，就在我正要去睡觉的时候。”

三个人听完车夫的话，忧心忡忡地回到旅店。

他们回到旅店后先去找了福朗维先生，但女仆回答说：“由于先生有哮喘病，从不会在十点钟以前起床的；他甚至明确交代过，禁止人们在这个时间以前叫醒他，除非发生火灾。”

他们原本是打算去看普鲁士军官，不过后来想想觉得那是绝对办不到的，虽然他本来就住在这旅馆里。为了民间的事，他只允许福朗维先生与他说话。这样一来，他们只好候着。女客们回到各人的卧房去，继续忙着做些琐碎的事。

科尔尼代在厨房里的高大的壁炉前坐定下来。壁炉里生着一堆旺火。他叫人搬来一张喝咖啡的小桌子，一罐啤酒，然后抽起他的烟斗来。他的这只烟斗在那些民主党人中很有影响，几乎受到和他本人一样的尊重，就如同它为科尔尼代服务就是为祖国服务一样。这是一只非常漂亮的海泡石烟斗，积满烟垢，那种感觉，倒真是容易令人肃然起敬；它和它主人的牙齿一样，被熏得乌黑，不过不同于它主人牙齿的是，它香味扑鼻，弯弯的，而且闪闪发亮；由于长时间的相伴，它和它主人的手已经亲密无间，并且成为它主人形象的一部分，为他的相貌增色不少。科尔尼代一动不动地坐在那里，目光时而注视着炉中的火焰，时而注视着覆盖在酒杯口上的泡沫。他每喝一口，总带着一种心满意足的神情，他还用他细长的手指捋一下他油腻的长发，舔一下挂在胡髭上的泡沫，同时伸出几只瘦长的手指去挠挠自己油腻的长发，那样子很是得意。

卢瓦佐借口要活动腿脚，到镇上小酒店推销他的葡萄酒去了。无事可做的伯爵和棉纺厂老板则谈论起政治来，他们推测着法兰西的前途。一个信赖奥尔良派，另一个则指望在这样动荡的时代中能出现一位不知名的救世主，一位在山穷水尽时崭露头角的英雄人物，可能是一位迪·盖克兰，或者一位让娜·达尔克，再不然是另一位拿破仑一世。谁能说得准呢？唉！要是皇太子年纪再大点就好了。

科尔尼代听着他们的谈论，脸上带着那种洞悉天命的微笑，从他的烟斗中散发出来的芬芳，溢满了整个厨房。

十点钟的钟声敲响时，福朗维先生出现了。

一看到他，大家马上上前去询问，但他也只能将德国军官对他说的话一字不改地重复了两三遍：“福朗维先生，您去通知车夫，明天不准给这些旅客套车。没有我的命令他们不能离开。您听清楚了。好吧，就这些。”

于是大家想去面见军官。伯爵送去自己的名片，卡雷·拉马东先生在上面附加了他的名字和所有的头衔。普鲁士军官派人回答他们，说他同意在午饭后和这两个人谈话。这就是说他们要等到下午一点钟左右。

几位太太又下来了，尽管她们心里焦虑不安，还是勉强吃了一点东西。羊脂球好像生了病似的，显得忧心忡忡。

当大家喝完咖啡时，传令兵来找递名片的这两位先生了。

卢瓦佐也加入他们两人中间。他们原本还想着拉科尔尼代一起去，以使他们的这次行动显得更加隆重，但科尔尼代高傲地宣称：他绝不打算和德国人发生任何关系，他说完重新回到壁炉前，又要了一灌啤酒。三个男人跟在传令兵身后上了楼，然后被引进旅馆一间最漂亮的房间，德国军官在这里接见他们。德国军官正躺在一张安乐椅里，两只脚搁在壁炉上，抽着一只长长的瓷烟斗。他的身上披着一件火红的睡衣，大概是从某个情趣低下的财主留下来的空房子里偷来的。他既没有站起来，也没有向他们招呼，连看也没有看他们一眼，活脱脱一个打了胜仗天生粗鲁傲慢的军人的典型。

他们等了一会儿，他终于开口了：“你们有什么事情？”

伯爵说道：“我们想动身，先生。”

“不行。”

“我斗胆问一句，为什么不行呢？”

“因为我不愿意。”

“我极其尊敬地提醒您注意，先生，您的总司令已发给我们一张到迪耶普的出境许可证；我想不出来我们做下了什么错事，要受到您如此严厉的惩罚。”

“我不愿意……就是这样……你们可以下去了。”

三个人只好躬身行礼，退出来了。

下午的气氛是阴郁的，大家真是弄不明白这个德国人为什么如此任性，各人的头脑里都被一些稀奇古怪的想法缠绕着。所有人都待在厨房里，揣测着种种难以置信的原因，议论不休。说不定是要把他们留下来作为人质吧——但这又为了什么目的呢？或者把他们作为俘虏带走？再不然更可能是要向他们索取一笔数额巨大的赎金吧？一想到这里，他们简直吓得魂不附体。那几个最有钱的人怕得最厉害，他们仿佛已经看到为了赎身买命，自己被迫把一袋袋满满的金币倒在这些蛮横无理的大兵手里。他们挖空心思，想找出一些可以令人相信的谎言来隐瞒自己的财产，最后，他们打算把自己打扮成穷人，穷得极其可怜的人。卢瓦佐甚至把他的金表链摘下来藏到口袋里。

黑夜降临了，深沉的黑色更增加了他们的这种恐怖的心理。灯点起来了。由于距离吃晚饭还有两个小时，卢瓦佐太太提议先打一局三十一点。这倒是一个消愁解闷的办法，大家都同意了。科尔尼代也参加进来，出于礼貌，他把烟斗也熄掉了。

伯爵洗牌来分了，羊脂球运气很好，一上来就得了三十一点；打牌的兴致很快使盘踞在头脑里的恐惧感平息下来。这时，科尔尼代发现卢瓦佐夫妇竟一起作弊。

正当大家就要上桌吃饭时，福朗维先生又出现了。他用沙哑的喉音大声说道："普鲁士军官要我来问伊丽莎白·鲁塞小姐，她是不是还没有改变主意?"

羊脂球站着不动，脸色苍白，后来又突然变得满脸通红。看得出她气得几乎说不出话来，最后终于爆发了："你去告诉这个恶棍，这个浑蛋，这个普鲁士的卑鄙家伙，我永远不会同意。你听清楚了，我永远不会同意，永远不，永远不!"

胖老板福朗维先生走了。羊脂球随即被围起来，大家纷纷问她是怎么回事，央求她把上次去普鲁士军官处的秘密讲出来。起先她还是不肯说，但很快便气得不能控制自己，大声叫道："他要干什么？……他要干什么？……他要和我睡觉!"大家听了都怒火冲天，所以竟然没有一个人觉得这句话刺耳。科尔尼代更为激愤，他猛地把酒杯掷到桌上，把杯子都震碎了。饭厅里顿时响起了一片对这个无耻之徒的谴责和愤怒的鼓噪，大家同仇敌忾，好像每个人都想站出来分担敌人强迫羊脂球做出的牺牲似的。伯爵深恶痛绝地宣称，这些人的行为简直和古代野蛮人无异。那几位太太特别表现出对羊脂球的强烈同情和爱怜。而那两个只有在吃饭时才肯露面的修女依旧低着头一言不发。

当第一阵愤怒平息下来以后，大家还是照常吃饭，只是说的话都不多，各自都在想心事。

妇女们很早就退席了；男人们一面抽烟，一面凑起了一桌牌局，并邀请福朗维先生参加。其实，他们是想转弯抹角向他咨询，到底用什么方法才能使这个蛮横无理的普鲁士军官回心转意。不过他的心思好像都放在了牌上，什么也不听，什么也不回答，只是翻来覆去不停地说："打牌，先生们，打牌。"他打牌打得那么专心致志，甚至连咳嗽都忘记了，以致胸腔里有时发出一些风琴的音符来，他那呼哧呼哧的肺叶可以发出各个音阶的喘息声，从深沉浑浊的低音符到小公鸡初学啼鸣时嘶哑的尖叫。

他真是太入迷了，当他的妻子困倦了来找他时，他甚至不肯上楼去睡觉。她只好一个人走了，因为她是"值早班的"，总是和太阳一起起床，而她的丈夫是"值夜班的"，随时准备和朋友们一起熬夜。妻子离开后，他像想起来什么似的向她喊道："把我的蛋黄甜奶放在炉火旁边。"说完又继续打他的牌。后来大家看出来从他嘴里什么也掏不出来，就宣布时间已晚，应该散场了，于是，大家都回床睡觉。

第二天大家仍然很早就起床，每个人都怀着一种空泛的希望，想动身上路的愿望变得越来越强烈，每个人都害怕在这个令人厌恶的小店里再继续待下去。

唉！马还在马厩里，车夫仍然不见踪影。大家无所事事，索性绕着马车兜圈子。

午饭吃得死气沉沉的。大家对羊脂球的态度也不如先前，变得有点冷淡了。夜间是出主意的时候，一夜过来，大家的看法已经发生了一些改变。现在他们几乎有点埋怨这个姑娘了，他们在想，为什么她夜里没有偷偷地去找那个普鲁士军官，好让她的旅伴们醒来时喜出望外呢？还有比这更简单的事吗？再说了又有谁知道呢？她只须让人告诉那个军官，她是出于怜悯她的旅伴们的困境才同意的，这样一来，不就保住面子了吗？对她来说，这又算得了什么呢？

不过这种想法，还得有一个人公开讲出来才好。

到了下午，大家实在闷得要命，伯爵提出到镇子四周去散散步。每个人都把身子裹得严严的，这一小群人就出来了。只有科尔尼代除外，这样冷的天气，他还是宁愿待在壁炉旁边。而两个修女则整天不是待在教堂里就是在神甫家中度过。

天气一天比一天冷得厉害，凛冽的寒气把人的鼻子和耳朵冻得像针刺似地疼痛，两只脚每走一步都痛得像是受刑罚。铺展在眼前的田野被一望无际的冰雪封盖着，看上去是那么凄凉而可怕，不禁让他们从心里感到冰冷，愁肠百结，因此大家很快就转身往回走了。

四个妇女走在前面，三个男人在后面一点点地跟着。

对于目前的处境，卢瓦佐心里很清楚，他突然发问，这个“婊子”是不是要让他们长期留在这个该死的地方。而伯爵呢，始终都是彬彬有礼，他说不能强逼一个妇女做出如此痛苦的牺牲，如果要做也只能出于她的自愿。卡雷·拉马东先生指出，如果真如传说那样，法国人将从迪耶普发动反攻，那么决战地点只能在托特。卡雷·拉马东先生的这一设想使得另外两个人更加惶惶不安起来。

卢瓦佐说：“我们能不能步行逃出去?”

伯爵耸耸肩膀回答道:“您想想看，在这冰天雪地里我们怎么个逃法？何况还带着我们的妻子。再说，我们一走，他们马上就会追上来，不到十分钟他们肯定就会抓住我们，把我们作为俘虏带回来，到那时我们就只有听凭那些当兵的摆布了。”

伯爵说的是实情，大家都不再作声了。

走在前面的几个妇女在谈论服饰，但好像某种拘束使得她们都貌合神离。就在这时，普鲁士军官突然在街尾出现了。他那穿着制服的细长的身影在一望无际的雪地上渐渐清晰。他走路时带着那种军人特有的姿态，两膝向左右分开，这是为了避免弄脏刚刚仔细擦过的皮靴。

他从几个妇女身边走过时弯了弯腰，而对这几个男人则轻蔑地瞥了一眼。幸好这几个男人还有点自尊，没有脱下帽子，尽管卢瓦佐露出一个想脱帽的动作。

羊脂球的脸一下子红到耳根，而这几个已婚妇女好像受到了莫大的屈辱，因为她们正和这个大兵想玩弄的妓女结伴走在一起。

于是她们议论起这个普鲁士军官来，谈他的身材、谈他的容貌。卡雷·拉马东太太认识很多军官，评论起他们来像个行家一样，头头是道。她觉得这个军官各方面都不错，甚至还惋惜他不是法国人，不然他将是一个非常漂亮的轻骑兵，肯定会受到所有女人的青睐。

一回到旅店，他们便不知道做什么才好。大家心情不好，为了一点鸡毛蒜皮的小事竟变得语气刻薄起来。晚饭吃得无声无息，大家很快就吃完了。然后，各人上楼睡觉，希望在睡梦里把时间消磨掉。

第二天早晨下楼时，大家的脸色都很疲惫，心情也都很糟糕；女人们几乎不跟羊脂球聊天了。

教堂里响起了钟声，这是要为一个孩子举行洗礼。胖姑娘羊脂球有一个孩子，寄养在伊弗托的一个农民家里。她一年难得见那个孩子一次，也从不想念他，但眼前这个要受洗的孩子却突然引发了她对自己孩子的强烈思念，勾起了她做母亲的满腹柔情，于是她坚决去参加这次的仪式。

她一走，大家便马上你看看我，我看看你，然后他们把椅子互相拉近一些，因为每个人心里都清楚，已经到了非拿主意不可的时候了。卢瓦佐灵机一动，想出一个办法来，他提出向德国军官建议让羊脂球一个人留下来，放其他人先走。

又是福朗维先生担任了传话的任务，但他几乎立刻就下来了。原来是那个德国人把他赶了出来。德国军官说他通晓人类的天性，断言只要他的愿望得不到满足，就要扣留所有的人。

这一下卢瓦佐太太急了，她那种市井小民的性格全暴露出来了，她说:“我们总不能老死在这里。对这个娼妇来说，和所有的男人干这种事本来就是她的行当，我看她根本没有权利挑三拣四。你们想想看，她在鲁昂时不也这样吗，遇到什么人就跟什么人干，甚至连马车夫她也干！是的，夫人，省政府里的马车夫！这件事我知道的一清二楚，那个马车夫常在我店里买酒。到了今天，需要她帮助我们摆脱困境时，她倒装腔作势起来了。这个贱货！……依我看，这个德国军官的为人倒挺不错的，他大概好久不近女色了。原本我们三个女人肯定更中他的意，可是他不，他尊重已婚的妇女，他只要这个以此谋生的女人就满足了。你们想想看，他是这里的主人，他只要说一声‘我要’，他完全可以在那些士兵的帮助下用武力得到我们的，可他并没有啊!”

其他两位太太听完打了一个寒噤，漂亮的卡雷·拉马东太太脸色略微有点苍白，眼睛却发亮起来，仿佛她已经感到自己被那个德国军官用蛮劲抓住了。

在一旁争论着的几个男人走过来。气得发狂的卢瓦佐甚至扬言要把“这个贱货”的手脚捆起来交给敌人。不过祖上三代都当大使，自己也颇具外交家风度的伯爵仍然主张运用手腕，他说：“一定得让她自己来决定。”

于是大家秘密策划起来。女人们挤到一边，声音都放低了，大家议论纷纷，各抒己见，不过话都说得很得体。她们找出一些委婉含蓄、优雅微妙、难以捉摸的词语，来谈论那些最淫秽下流的事情，如果是一个局外人，根本就听不懂她们用如此含蓄谨慎的语言讲的是什么。不过披在上流社会妇女身上的那层薄薄的羞耻布，也只能掩盖她们的外表，一旦遇到这种猥亵下流的奇事她们就心花怒放起来，暗地里兴奋发狂得要命，她们全身上下被情欲搔得痒痒的，就像一个贪嘴的厨子在为别人准备晚餐那样的馋涎欲滴。

这件事商量到最后，连他们都感到很滑稽，因此大家沉重的心情缓解了，不由得轻松愉快起来。就连伯爵也说出一些近乎淫猥的笑话，不过他讲得是那么的巧妙，大家听了都不自觉地发出会心的微笑。轮到卢瓦佐，他讲了一些放肆得不堪入耳的话来，但大家也不觉得刺耳。而他的妻子直截了当地暴露出来的看法更是赢得所有人的赞同：“既然这个婊子的本行就是这个，她有什么理由挑三拣四的?”那位温柔可爱的卡雷·拉马东太太似乎已经在想，换了她，她可能宁愿拒绝另外的人也不会拒绝这个德国军官的。对于这个问题，大家像要攻克一座被围困的堡垒一样，讨论了很长时间。最后，他们商定了各人要扮演的角色和谈话时用来作为依据的理由，以及需要采取的手段，甚至他们还部署了进攻的步骤、运用的计谋，以及出其不意的袭击，以此来迫使这座活碉堡自行开门接纳敌人。

不过科尔尼代并未参与其中，他完全像局外人一样待在一边，仿佛完全和这件事无关。他们谈得太过专心，以致羊脂球回来了都不知道。直到伯爵轻轻地“嘘”了一声，大家这才抬起头来，这时她已经站在他们跟前了。大家顿时闭上嘴，一开始还有些尴尬，不知和她说什么才好。还是伯爵夫人在交际场上练就了随机应变的本领，反应比别人快，也比别人显得灵活，她向羊脂球问道：“这次洗礼有趣吗?”

胖姑娘的心情显然还很激动，她把在教堂上看到的一切：形形色色的面孔，他们的动作姿势、神情态度，甚至连教堂的外貌都向他们讲了一遍。最后还补上一句：“有时到教堂去祈祷一次倒也很有意思。”

直到吃午饭这段时间里，几位太太对她的态度很是和蔼可亲，为的是增加她的信任和好感，好使她听从她们的劝告。

一上饭桌，围攻就开始了。开头他们只是泛泛地谈到献身出力。他们举出一些前人的例子，先谈到犹滴和荷罗菲尔纳，接着又莫名其妙地提到卢克雷蒂娅和塞克斯图斯，还有把敌军所有将领都拉到自己床上，把他们变得像奴隶那样卑躬屈膝的克罗巴特拉。随后他们又讲了一个荒诞不经的故事——这种故事只有那些愚昧无知的百万富翁的脑袋里才想象得出来，说什么罗马的女公民都跑到加布去把汉尼拔搂在怀里，不但把他，而且把他手下的那些将领和雇佣军也都搂在怀里，哄他们睡觉。

总之，他们列举了很多事例。所有那些曾经把自己身体作为战场，作为克敌制胜的工具和武器，以此来阻挡征服者的女人；所有那些曾经用自己英勇的爱抚战胜了极其丑恶可憎的坏蛋的女人；所有那些为了复仇和忠诚而牺牲自己贞操的女人；都被他们一一举了出来。

甚至，大家还用极其隐晦的措辞，提到一个出身名门的英国女人，说是这个女人为了把一种可怕的疾病传染给波拿巴，竟故意让自己先染上这种传染病，不过遗憾的是这个女人并未如愿，因为波拿巴在这一致命的幽会中偏偏突然感到虚弱无力，竟奇迹般地逃过了这次危机。所有这些典故，他们都是用一种得体的方式说出来的，讲得很有分寸，有时还伪装成十分热情冲动的神态，以激发羊脂球仿效前人的决心。

总之，听了这些话，人们简直要认为女人在人世间唯一的作用就是永无休止地奉献自己的肉体，一次又一次地满足这些罪恶大兵的欲求。

两个修女好像什么也没有听到，陷入茫然沉思当中。羊脂球则一语未发。

整个下午大家都让她去思考。但不知道什么原因，之前大家原本是一直称她为“太太”的，现在却改口只称她为“小姐”了，好像是有意要划清一些界限，把她从已经攀登上去的受人尊敬的地位上拉下来，好使她意识到自身地位的卑贱。

晚饭上汤的时候，福朗维先生又出现了，他重复了前一天晚上讲过的话：“普鲁士军官要我问伊丽莎白·鲁塞小姐，她是不是还没有改变主意?”

羊脂球冷冷地回答说：“没有，先生。”

晚餐时，同盟军的力量明显变弱了。卢瓦佐说了三句话，效果很糟糕。每个人都绞尽脑汁想找出些新的事例来，但都一无所获。伯爵夫人事先并未准备，只是模模糊糊地感到这时要向教会表示一点敬意，于是向那个年纪大些的修女打听圣徒们一生中都曾有过什么伟大的业绩。从老修女口中得知的事情，真是令大家大跌眼镜，她说很多圣徒都做过一些在凡夫俗子眼中看来是犯罪的事情，然而只要这些事情是为了天主的荣耀和众人的利益而做的，教会便会毫不犹豫地赦免这些重罪。这些话无疑成了一个有力的依据，伯爵夫人马上利用了。或许出于一种默契或暗中讨好，又也许仅仅是出于一种巧合或一种助人为乐的劲头，总之，这个老修女为他们的阴谋帮了一个大忙。原本大家以为她胆小羞涩，谁知她一点不害臊，不但能说会道，而且言辞激烈。她从不受神学中一些言论研讨的影响，她信奉的教义坚如铁石，她的信念绝不动摇，她的良心从未有过不安。她觉得亚伯拉罕的献祭是极其简单的事，如果上天一旦下令，她甚至会毫不犹豫地马上杀掉自己的生身父母。在她看来，只要用意是好的，做任何事情天主都会原谅的。伯爵夫人觉得机会难得，便趁机利用这个意料不到的，半途杀出来的同谋，想让她将“只要目的是好的，可以不择手段”这一道德准则做一番大有教益的阐述。

于是，她问那个老修女：“这么说，嬷嬷，您认为天主是同意使用各种不同手段的了？只要动机是纯洁的，行为总是会得到原谅的，对吗?”

“这还有什么可怀疑的呢，夫人？一种本身应受到谴责的行为，因为产生这一行为的念头是好的而成为值得称赞的，这种事例太多了。”

她们就这样谈了下去，分析天主的意愿，预测天主的决定，让天主去关心一些实际上和他全不相干的事情。

这些话都讲得很含蓄，既巧妙又隐晦。但这个戴着修女帽的圣女每说一句话，都会在羊脂球愤怒抗拒的防线上打开一个缺口。

后来她们的话题稍微转移，这个手里悬着念珠的女人又讲起她们教会的修道院、她们那个修道院的院长、她自己，以及她那位身材瘦小的同伴——亲爱的圣妮塞福尔来。她说她们都是应召到勒阿弗尔去看护住在医院里的几百个染上天花的士兵的。她描绘了这些不幸的人的遭遇，详述了他们的病情，并且说就在这个任性妄为的普鲁士人把她们羁留在路上的这些天里，一些本来可以被她们救活的法国士兵可能正在死去！她说护理军人本来就是她的专长，她曾经去过克里米亚、意大利和奥地利。当她讲述她身临其境参加过的一次次战役时，瞬间，她就变成了一个听惯了战鼓和军号的修女，仿佛她天生就是随军转战沙场，在炮火纷飞中收容伤员的女战士。很多时候，她的作用甚至可以胜过一个长官，一句话就能使那些不守纪律、蛮横无理的大兵变得服服帖帖。她不愧是一个过惯了戎马生涯的随军修女，她那张有无数坑坑洼洼的麻脸就是一幅反映战争破坏的满目疮痍的图画。

老修女讲完之后，没有人再说什么，大家一致认为她讲话的效果相当不错。

晚饭一吃完，大家就以很快的速度回到楼上的房间休息。第二天上午很迟他们才下楼。

午饭大家吃得很安静，这是为了给前一天播下的种子留出发芽结果的时间。

伯爵夫人提议午后去散步，于是像事先商定的那样，伯爵十分绅士地挽起羊脂球的手臂，有意走在大家后面。

他和她说话的态度很亲切，犹如慈父一般，不过那种温和的语气中又稍带一点有身份的人和妓女谈话时应有的矜持。他称她为“我亲爱的孩子”，始终站在他所处的社会地位上，以毋容置疑的高贵身份对待她。

他开门见山地把问题提出来："这么说来，您是宁愿让我们和您一样留在这里，等普鲁士人吃了一次败仗以后，我们一起遭受他们的凌辱了？您就不能通融一下，做一次您一生当中已经做过许多次的事情吗？"

羊脂球没有说话。

他和蔼可亲，心平气和地跟她讲道理，用感情来打动她；他知道如何保持"伯爵先生"的身份，必要时又要装出非常殷勤的姿态，恭维她，讨她的喜欢；他赞扬她帮了大家的大忙，做了好事，并说到每个人都对她心存感激。后来他突然转变了说话的方式，又快活地用"你"来称呼她，他说："你知道，我亲爱的，他将来或许会夸耀自己曾尝到过一个在他自己国内难以找到的美女的滋味呢。"

羊脂球还是没有吭声，低着头走到前面一群人中间去了。

一回到旅店，她没有停留，而是马上上楼到自己的房间里，没有再露面。大家你看我我看你，惶惶不安，不知道她到底要干什么。如果她还是坚持不肯，那就糟糕透了。

到了吃晚饭的时间，大家没有等到她。福朗维先生走进来通知说："鲁塞小姐感到身体不大舒服，大家不用等她，可以吃饭了。”此时，所有的人耳朵都竖了起来。伯爵走到旅店老板福朗维先生的身边，悄悄地问道：“成了吗?”“成了。”为了不失体统，伯爵对他的同伴们什么也没有说，只是微微点了点头。在场的人全都心领神会，个个面露喜色，从心底舒了一口长气。卢瓦佐更是大声叫起来：“他妈的，要是这个店里有香槟酒就搬上来，我请客!”当福朗维先生手中真的提着四瓶香槟酒回来时，卢瓦佐太太不由得心痛万分。

这一晚，每个人都突然变得热情奔放起来，又笑又闹，心里甜滋滋的，有种说不出的快乐。伯爵好像第一次发现卡雷·拉马东太太相当迷人；而棉纺厂老板卡雷·拉马东先生则对伯爵夫人大献殷勤。大家谈话的兴致非常热烈，一个个妙语连珠，趣话不断。

突然，卢瓦佐神色慌张地举起手臂高声喊道：“安静!”

这突如其来的叫停，令大家吃了一惊，甚至吓了一跳，都停住了说笑。只见卢瓦佐双手合在嘴前“嘘”了一声，同时抬起头来望着天花板，又竖起耳朵倾听；过了一会儿，他才又恢复本来的声音说道：“你们放心吧，一切顺利。”

刚开始大家还不明白是什么意思，但很快就懂了，露出了心照不宣的微笑。

一刻钟以后，他把这个玩笑又开了一次，整个晚上他重复了好几次。他还装作和楼上什么人对话的样子，向那个人提出一些一语双关的建议，这些话只有他这种到处跑生意的人脑子里才想得出。有时他又装出一副愁眉苦脸的样子，唉声叹气地说："可怜的姑娘啊！"再不然就摆出一副怒气冲天的样子，咬牙切齿地嘟囔着："该死的普鲁士人，滚吧！"有好几次，当大家已经把这件事抛到脑后时，他却一连几次声音颤抖地高喊："够了！够了！"接着又像跟自己讲话一样："但愿我们还能见到她，不要被他弄死了，这个该死的家伙！"

尽管这些玩笑很低劣，却没有任何人感到刺耳，相反，大家竟然还觉得很开心。因为激愤也和其他情绪一样，是受环境支配的，而此时此刻他们周围充溢的只有淫荡。

到了饭后点心的时间，连这些妇人也开始说一些有弦外之音、隐晦曲折的俏皮话了。大家都喝了不少酒，一个个眼睛发亮。伯爵即使在偶尔偏离正道时仍然不忘保持着他道貌岸然的外表，他打了一个比喻，很受大家赞赏，他说北极的冰封期已经结束，一群被困在那里的遭难的人看到通向南方的航道已经打开，所以一个个都很快活。

卢瓦佐兴致更高，他站了起来，手里举着一杯香槟酒说道："我要为我们的得救干杯!"大家都站起来向他欢呼。就连两个修女在这几位太太的激励下，也同意将嘴唇在冒着泡沫的酒里沾了一沾，她们从未尝过酒味，却说香槟酒很像柠檬汽水，不过味道要好得多。

卢瓦佐对大家此时的心情做了总结："可惜没有一架钢琴，不然大家可以跳一场四对舞了。"

科尔尼代则始终一言不发，一动也不动。他好像沉浸在非常严肃的思想里，有时狠狠地扯一下自己的大胡子，仿佛要把它拉长似的。将近午夜时分，就在大家即将分手时，卢瓦佐突然摇摇晃晃地走到科尔尼代的身边，拍了拍他的肚子，嘟哝着对他说："您不开心，您，今天晚上不开心，您为什么一句话也没有说，公民?"科尔尼代没有理会他，却猛然抬起头来，以咄咄逼人的目光扫视了一遍在场所有的人，说道："我跟你们讲，你们刚才的行为是可耻的!"说完，他站起身来，走到门边，又重复了一遍："是可耻的!"然后转身就走了。

他的话如同一盆冷水浇在大家头上一般，卢瓦佐狼狈不堪地呆在那里，但镇定之后，他突然捧腹大笑起来，嘴里还不住地说："想吃吃不到，就说葡萄酸，我的老兄，想吃吃不到，就说葡萄酸。"

大家听了，面面相觑，都搞不懂他这话什么意思。于是，他就把“走廊秘事”讲了出来。这一下大家简直乐得不可开交。几位太太开心得像疯了似的；伯爵和卡雷·拉马东先生也都笑出了眼泪，他们不能相信竟有这样的事。

“真有这回事？您能肯定吗？他真想……”

“这是我亲眼看见的。”

“她还不肯？她……”

“因为普鲁士人就在隔壁房间里。”

“这不可能吧？”

“我敢向你们发誓。”

伯爵已经笑得喘不过气来。卡雷·拉马东先生也笑得双手捂住肚子。

卢瓦佐继续说道：“你们这下明白了吧，今天晚上他为什么笑不出来，一点也高兴不起来，就是这么回事。”

三个人再一次哈哈大笑起来，笑得好像发了疯似的，笑得透不过气来，笑得咳嗽不止，脸都涨红了。

笑完之后，大家就分手了。卢瓦佐太太天生一副刺人的荨麻性格，上床睡觉的时候对丈夫说，卡雷·拉马东太太这个“小骚货”一个晚上都笑得很不自然。“你知道，女人们只要看上了穿制服的，管他是法国人还是普鲁士人，对她们全都一样。这真够丢脸的，我的天!”

整整一夜，黑暗的走廊里一直隐隐约约地浮动着一些难以觉察的、轻微的颤动声，有的像喘息，有的像赤脚在地板上走动，还有一些咯吱咯吱的声音。大家肯定都很晚才休息，因为他们走进房间很久之后，各个房间的门缝里还有亮光漏出来。这都是香槟酒的缘故，据说它会让人无法安睡。

第二天是个大晴天。冬天耀眼的阳光将银装素裹的大地照得熠熠生辉。马车终于套好了，正在门口等着。一大群红眼睛黑瞳仁的白鸽，身上披着厚厚的羽毛，正昂首挺胸地在六匹马的腿下走来走去，神气活现地从刚刚拉下还冒着热气的马粪中寻找可以果腹的东西。

车夫披着他的羊皮袄，坐在座位上抽烟斗。旅客们看上去全都聚齐了，一个劲儿的催促店里的伙计快些替他们将下一段旅程中要吃的食物包扎好。

现在只等羊脂球一个人了。

她出现了。

她看上去似乎有些心慌意乱，又有点害羞，怯生生地向她的同伴们走过来，而这些人全都不约而同地掉转头去，好像压根就没有看见她一样。伯爵神色凛然地挽起他妻子的胳膊走向一边，对这个不干净的女人采取躲避的态度。

羊脂球显然没有料到伯爵会是这样的反应，她惊得呆住了，随后她又鼓足勇气走到棉纺厂老板卡雷·拉马东太太的身旁，谦恭地轻声说了一句："早安，夫人。"对方却只傲慢地点了点头，同时还瞪了她一眼，仿佛跟她说话自己的贞洁受到了玷污似的。

总之，大家好像一下子都变得很忙碌，并且都离她远远的，仿佛她的裙子里带着什么传染病似的。接着大家又都急匆匆地奔向马车。羊脂球一个人落在最后，她爬上车一声不响地坐在前一段路程中她坐的位置上。

她仿佛成了一个透明人、陌生人，大家似乎看不见她，也不认识她。卢瓦佐太太则从远处狠狠地盯着她，轻声对她的丈夫说："幸好我不坐在她旁边。"

笨重的驿车摇晃起来，新的旅行又开始了。开始的时候大家都不讲话。羊脂球头也不敢抬起来，她对这些坐在她身边的人感到无比的愤恨，也为自己先前的让步感到屈辱，正是这些人的假仁假义，她才被推进那个普鲁士军官的怀抱里备受凌辱的。

这种令人难受的沉寂，很快就被伯爵夫人打破了，她转过头朝着卡雷·拉马东太太说："我想您一定认识埃特雷勒夫人吧？"

"是的，她是我的朋友。"

"那是多么迷人的女人啊！"

"是啊，可爱极了！真是一个天生的美人，而且受过很好的教育，对艺术很在行，歌唱得很动听，画也画得十分好。"

棉纺厂老板卡雷·拉马东先生也开始和伯爵交谈，在车门玻璃咣啷咣啷的撞击声中，偶尔能听到冒出来的几个字眼："息票……到期……溢价……期限。"

卢瓦佐和他的妻子在打贝齐格。纸牌是从旅店里顺手牵羊拿来的，由于在那些永远擦不干净的桌子上摩擦的年月太久，纸牌已经又脏又旧，油腻得不成样子了。

两个修女取下挂在腰间的长长的念珠，一起在胸前画了个十字，嘴唇便立刻嚅动起来，而且越动越快，她们的口中喃喃地吐出一个个含糊不清的字眼，好像是在进行一次背诵经文的竞赛；中间她们还不时地吻一下圣牌，再画一个十字，随后又飞快地咕噜起来。

科尔尼代还是一动不动地坐着，似乎在想心事。

车子走了三个小时的路程后，卢瓦佐收起纸牌，说：“肚子饿了。”

这时他的妻子拿出一个用细绳扎好的纸包。她从里面拿出一块冷的小牛肉，仔仔细细把它切成了一些齐整的薄片儿，两口子动手吃着。

“我们也吃吧？”伯爵夫人说。大家同意了，她就把为两家共同准备的食品包打开来。这都是一些味道鲜美的肉食，装在一个椭圆形的盆子中。盆盖上有一只陶瓷的兔子，这表明盆里装着的是一只煮熟的野兔。棕色的兔肉上横着几条像白色项链似的肥膘，还夹着剁得很碎的其他肉末；一大块瑞士格律耶尔产的干酪包在一张报纸里，油汪汪的干酪上印上了报纸上的“社会新闻”几个大字。

两个修女也拿出了自己食物，她们解开了一段滚圆的香肠，那东西的蒜味儿很重。科尔尼代则把两只手同时插进了披风的两只大衣袋里，从一只衣袋里取出了四个熟鸡蛋，从另一只衣袋里取出了一段面包。他剥去了蛋壳扔到脚底下的麦秸当中，就这样拿着蛋吃，好些散落的蛋黄末儿落在他那一大簇长胡子当中，就像是挂着很多星星一般。

羊脂球由于起床时过于匆忙，什么都没有来得及准备。她看着这些人心安理得地吃着，不由得怒火中烧，气得说不出话来。先是一阵汹涌的激愤，使她浑身发抖，她张开嘴巴，几乎要把已到嘴边的一大串骂人的话喊出来，不过由于她实在气得太厉害，以至于哽噎得什么也说不出来。

没有一个人看向她，也没有一个人惦记她。她觉得自己被这些道貌岸然的混账东西的轻视淹没了，当初，他们牺牲了她，之后，又把她当作一件肮脏的物件似的扔掉。她想起她那只满是美味的提篮，那里面本来盛着两只胶冻鲜明的子鸡，很多点心，很多梨子，还有四瓶波尔多的名牌红葡萄酒，可第一天就通通被他们饕餮般地吃喝得干干净净。想到最后，她的愤慨如同一根过度紧张的琴弦中断了似的忽然下降了，她觉得自己快要哭了。她用尽努力，镇定了自己，如同孩子一般吞下自己的呜咽，但是眼泪还是流出来了，先是润湿了她的眼睑边缘，紧接着两行热泪从眼睛里往外流，慢慢地从脸颊往下落，之后流得更迅速一点儿的眼泪又跟着来了，这些泪水就像一滴滴从岩石当中滤出的水，有规则地落到了她胸脯突出部分的曲线上。她直挺挺地坐着，目光是定着不动的，脸色是严肃而且苍白的，她一心希望不要有人看见她。不过伯爵夫人偏偏瞧出来了，她用一个手势通知了她的丈夫。但伯爵只是耸着肩膀仿佛在说："您要怎么办，这不是我的过错。"

而卢瓦佐太太则得胜似的冷笑了一声，接着就低声慢气地说："她是在哭自己的耻辱。"

两修女用完餐，把剩下的香肠用一张纸卷好了以后，又开始祷告了。

正在消化刚吃下去的鸡蛋的科尔尼代，把两条长腿伸到对面的长凳下面，双手交叉着放在胸前，仰面朝天地躺着，他的表情看上去很奇怪，像刚刚想到一个捉弄人的妙计似地微微一笑，然后用口哨吹起《马赛曲》来。

很显然，这支歌曲让这些旅伴感到非常不高兴，所有人的脸色都阴沉下来。他们变得烦躁不安起来，如同被人戏弄似的十分恼火，差点要叫出声来了——一般来说，狗听到手摇风琴的声音就是这样的反应的。科尔尼代当然是觉察到了这点，于是吹得更加起劲了，有时甚至哼出几句歌词来：

对祖国神圣的爱，

快来指挥，支持我们复仇的手！

自由，亲爱的自由啊，

快来跟你的保卫者一起战斗！

地面上的积雪已经冻得很坚硬，马车跑得也快些了。抵达迪耶普还需要几个小时，在这漫长而阴沉的旅途中，在车子穿越路上一个个障碍的颠簸中，在夜色苍茫、车厢内一团漆黑的时刻，科尔尼代始终执拗地吹着这支单调的复仇歌曲，逼迫着那些既疲倦又恼火的人不得不从头到尾，一遍又一遍地听着，并且那些对应着每一个节拍的歌词也清晰地在他们的眼前甚至脑海里一一显现出来。

黑暗中，羊脂球仍旧在哭泣，偶尔在两段曲调中间，会听到一声她强忍不住的悲咽。

两个朋友

巴黎被包围了，在饥饿中呻吟着。屋顶上难得看到麻雀，下水道中也空空荡荡的，连老鼠都灭绝了。人们不管什么都吃。

正月里的一个晴朗的早晨，莫里索先生，他是一位职业钟表匠，有时也是住在家中的国民自卫军，此刻，他正空着肚皮，双手插在制服裤子的口袋里，闷闷不乐地沿着环城林荫大道散步。突然，他在一个也穿着制服裤子的人面前站住了，原来他认出这是他的一个朋友，正是他在河边相识的索瓦热先生。还没打仗的时候，每逢礼拜天，莫里索总是天一亮就出发，手里拿着竹制的钓鱼竿，背上背着白铁做的罐子。他搭乘开往阿尔让特伊的火车，在科隆布下车，然后步行到马朗特岛。一到这个他魂萦梦牵的地方，他马上就开始钓鱼，一直钓到天黑。

每个礼拜天，他总在这里遇到一个性情快活的矮胖子——在德洛雷特圣母大街经营服饰用品店的索瓦热先生，他也是一个钓鱼迷。他们手持钓竿，肩并肩地坐着，两条腿在水面上摇来晃去，常常一坐就是半天，长此以往，他们互相间的友谊就这样产生了。有时他们整天一句话不说，有时也聊上几句。不过即使他们一句话不讲，他们互相也是那么了解，因为他们趣味相同，感觉一致。

春天的时候，上午十点钟左右，朝阳照在平静的水面上，使得水面飘起一层薄薄的雾气，随着水流轻轻地浮动。和煦的阳光也把它的热力射向这两个钓鱼迷的脊背，使他们感到暖洋洋的，异常舒服。这时莫里索偶尔会朝着他的邻人说上一句：“嘿，多舒服啊！”而索瓦热先生则回答说：“我不知道有什么比这更惬意的了。”这一问一答就足以使他们互相了解，互相尊重了。

到了秋天，白昼将尽的时刻，夕阳将天空照得通红，绯红色的云彩倒映在水里，把水面染成一片绛紫色。天际像着了火似的，将两个朋友笼罩在一片红光中。大自然已经预感到冬天的肃杀，正在簌簌发抖的枯黄的树木也被镀上一层金色。这时索瓦热先生微笑着朝莫里索说：“多美丽的景色啊！”心里也正在赞叹不已的莫里索眼睛一刻也不离开他的浮子，悠哉地回答说：“嘿，这可比林荫大道强多了！”

现在，他们在第一时间互相认出以后，就立刻紧紧地握手，为在这一非常时期里相遇激动不已。

索瓦热先生叹了一口气，轻轻地说道：“这是多大的变化啊！”

神情非常忧郁的莫里索也感慨地说：“多好的天气啊！今年还是头一次有这种好天气呢！”

确实，天空一片碧蓝，阳光异常明媚。

他们肩并肩，神情感伤，漫不经心地向前走着。

莫里索又说道：“还记得那些钓鱼的日子吗？嘿，多好的回忆啊！”

索瓦热先生问道：“我们什么时候才能重新到那里

去呢!”

他们走进一家小咖啡馆，每人喝了一杯苦艾酒，然后又在人行道上闲逛起来。

莫里索突然站住说：“再来一杯怎么样?”索瓦热先生同意说：“我听您的。”于是两人又走进一家小酒店。

等到他们走出来时已经昏头昏脑，就像那些空腹喝酒的人一样，肚子里的酒精已经使他们晕头转向。天气和暖，温柔的微风拂过他们的面庞，使他们感到异常惬意。

索瓦热先生被和煦的微风吹得飘飘然，他已经半醉了，站住说：“我们到那儿去怎么样?”

“到哪儿去?”

“钓鱼去啊!”

“到哪儿去钓呢?”

“当然到老地方——我们的岛上。法国前哨阵地就在科隆布附近，我认识迪穆兰上校，放我们过去应该没问题，只要我说上一句话。”

莫里索高兴得简直发抖了："好极了，那我们一言为定。"

于是，他们兴匆匆地分头去拿自己的钓鱼工具。

一个小时以后，他们又肩并肩地走在大路上，随后来到迪穆兰上校占用的那座别墅。上校听了他们这个荒唐的想法后笑起来，什么也没问就同意了他们的要求。

就这样，两个人揣着通行证又出发了。

他们很快就跨过前哨阵地，穿越被抛弃的科隆布，在几块小葡萄园的边缘停了下来。这些葡萄园就在塞纳河的斜坡上。这时是上午十一点左右，对面的阿尔让特伊村子一片死寂。奥尔热蒙和萨努瓦两座山岗寂寞地俯视着整个地区，一直延伸到南泰尔的辽阔的平原上，如今已经空空荡荡，除了光秃秃的樱桃树和死气沉沉的耕地以外一无所有。

索瓦热先生指着这些山岗轻声说："普鲁士人就在上面！"

看着眼前这块荒凉的田野，两个人心里怵得很，手脚都有点发软了。

“普鲁士人!”

很显然，他们还从未见过，但几个月以来他们却一直感应到这些普鲁士人的存在，因为他们就在巴黎的周围。他们正蹂躏着法兰西的土地，掠夺它的财富，屠杀它的人民，并使它的人民忍饥挨饿，生活在恐惧和灾难之中。他们虽然还没有见到过，却已感到普鲁士人的无比威力了。对这个陌生的不可一世的民族，他们除了憎恨以外，还有一种近乎迷信的恐惧心理。

莫里索结结巴巴地说：“哎呀！如果我们碰上他们怎么办呢?”

索瓦热先生以巴黎人特有的那种在任何情况下都爱开玩笑的性格回答说：“那我们就请他们吃一顿油煎鱼吧。”

虽然嘴里这么说，但他们仍旧迟疑着，不敢贸然走到田间去，四下里这样静谧使他们害怕。

最后，还是索瓦热先生下决心说：“走！我们去吧！不过要千万小心。”

于是他们躬下身子，睁大眼睛，竖起耳朵，利用一些灌木丛做掩护，匍匐着走进一块长满葡萄的坡地里。

眼下，他们还得越过一块光秃秃的狭长地带才能到河边。他们一跃而起奔过去，等跑到河边，便马上躲在干枯的芦苇丛里。

莫里索把耳朵贴在地面上，倾听附近一带有没有人走动。他什么都没有听到，除了他们两人，周围没有别人，这样紧张的情势下，肯定没有人会冒险来这里。

于是他们放心地钓起鱼来。

被遗弃的马朗特岛就在对面，正好为他们提供了掩护，可以不让河对岸看到。岛上那座小饭馆门窗紧闭，好像已经多年无人过问似的。

首先钓到鱼的是索瓦热先生，跟着莫里索也钓到一条。他们不时地举起钓竿，线头上都挂着一条活蹦乱跳的银白色的小东西。这真是一次成功的垂钓，成绩好得令人惊奇。

他们把钓来的鱼，轻手轻脚地放进浸在脚下水中的一个眼孔非常细密的网兜里，心中有一种说不出来的快乐。这种快乐只有当你所酷爱的一种享受被剥夺之后又重新获得时，才能感受得到。

温热的阳光照得他们的肩背暖洋洋的。他们什么都不听，什么都不想，只知道一心钓鱼，仿佛世界上除了钓鱼再也没有别的事情了。

但突然传来一声低沉的隆隆声，它好像来自地下，震得地面都颤动了。这是大炮又响起来了。

莫里索转头越过堤岸上方望去，只见左边瓦莱里安山庞大身影的顶端升起一团白色羽饰样的东西，那是大炮喷出来的硝烟。

很快要塞山顶又喷出第二团白烟，隔了一会儿才传来一声新的爆炸声。

随后又是几下。瓦莱里安山不时吐出死亡的气息，喷出的乳白色的烟雾袅袅地升向宁静的天空，在它的山顶上形成一团云雾。

索瓦热先生耸耸肩膀说："他们又开始了。"

此时，莫里索正焦急不安地注视着一次又一次扎进水里的浮子上的羽毛，这个性情平和的人突然对这些打仗的狂人生起气来，气鼓鼓地说："这样互相残杀简直蠢透了！"

索瓦热先生回答说："简直比畜生还不如。"

莫里索刚刚钓起一条鱼，说道："据说只要有政府就总要有战争。"

索瓦热先生接过话头说："不过共和国就不会发动战争……"

莫里索却不这么认为，他打断朋友的话，说："有了国王就要和外国打仗，有了共和国就要在国内打仗。"

于是他们心平气和地讨论起来，试图用他们那种善良的、智慧有限的平民百姓的那种健全的理性，弄清那些重大的政治问题。最后他们一致得出结论：人类永远不会有自由。瓦莱里安山上不停地轰鸣着，普鲁士人正用一发发炮弹摧毁法国人民的房屋，粉碎他们的生活，消灭他们的生命；他们使无数梦想成空，无数欢乐的期待成为泡影，无数幸福的渴盼付诸东流；他们给在这里的以及别的地方的许多妻子、女儿和母亲的心灵造成永远无法弥补的创痛。

"这就是生活。"索瓦热先生说。

"您还不如说这就是死亡。"莫里索笑着又加了一句。

但就在这时，他们突然清楚地感到背后有人走动，两人吓得浑身一哆嗦，掉头一看，挨着他们的肩膀正站着四个人。这四个人全副武装、身材高大、一脸的胡须，他们穿着像仆人号衣似的制服，戴着平顶大盖帽，正举着枪瞄准这两个惊慌失措的人。两根鱼竿顿时从他们手里滑脱，掉到河里随水漂走了。

眨眼的工夫，他们已经被抓起来，捆上带走。接着，他们被扔进一条小船，渡河来到那个岛上。

就在那座他们以为废弃无人的房屋后面，他们发现有二十来个德国士兵驻守在那里。一个浑身长毛像巨人似的军官，嘴里衔着一只很大的瓷烟斗，他骑坐在一张椅子上，用一口地道的法语问他们道："怎么样？先生们，鱼钓得不错吧?"

这时，一个士兵把带来的满满一网兜鱼放在军官的脚下。这个普鲁士人笑嘻嘻地说："嘿！嘿！我说收获不错嘛。不过我们现在要谈的不是这个，请听我说，不要害怕。"

"在我看来，你们一定是派来侦察我们的两名奸细。为了更好地掩盖你们的目的，于是你们假装成钓鱼的样子。不过活该你们倒霉，现在你们落到了我的手中。我抓住你们，就该枪毙你们，因为这是战争。"

“不过，我看你们是从前哨阵地过来的，想必你们肯定知道口令才能回去。所以，只要你们把口令告诉我，我就饶恕你们。”

这两个朋友面色苍白，肩并肩地站着，双手有点神经质地轻微颤动，一个字也没说。

这个军官又说道：“我向你们保证，绝对不会有任何人知道这件事，你们可以放心回去。你们一走，秘密也就跟你们一起消失了。不过你们若是拒绝，那么等待你们的只有死亡，而且立刻就死。你们选择吧！”

两个朋友还是一动不动地站在那里，谁都没有开口。

这个普鲁士人并没有发怒，他的神态始终很平静，伸手指着河水说：“想想吧，五分钟后你们就要葬身鱼腹，只有五分钟！我想你们总有亲人吧？”

瓦莱里安山上的炮声隆隆，一直未停。

两个钓鱼人仍旧站在那里一言不发。之后，这个普鲁士人用本国话下了几道命令，便把椅子移得离这两个俘虏远一些。十二名士兵走过来，站在二十步开外的地方，枪柄靠着脚尖。

军官又说道："我给你们一分钟时间，多一秒也没有。"

停了那么一下，他突然站起来，走到这两个法国人面前，抓住莫里索的臂膀，把他拉到一边，低声对他说："快点告诉我，口令是什么？你的伙伴绝对不会知道，到时候我可以装出怜悯你们的样子。"

莫里索还是什么都没有回答。

这个普鲁士人又把索瓦热先生拉到一边，向他提出同样的问题。

索瓦热先生同样没有回答。

他们俩又肩并肩地站到一起。军官开始下命令。士兵们举起了枪。

这时，莫里索的眼光偶然落到那只装满鱼的网兜上，它正躺在几步以外的草地上。

一道阳光照在这堆还在跳动的鱼儿身上，让它们看起来显得闪闪发光。他突然感到自己支持不住了，尽管努力克制，眼睛里还是涌满泪水。

他结结巴巴地说："永别了，索瓦热先生。"

索瓦热先生也看着他说道:“永别了，莫里索先生。”

他们互相握了握手，全身不由自主地哆嗦得摇晃起来。

军官叫道:“放!”

十二支枪同时响了。

索瓦热先生脸朝下，直挺挺地扑倒下去。莫里索身材高大一点，摇晃了几下，转了一个圈，仰面朝天跌下去，横躺在他的朋友身上。血从他们胸口上被打穿的洞里汩汩地流出来。

普鲁士人又下了几道命令。

他手下的人四散而去，不久又带着一些绳索和石块回来。他们先是把石块捆在两个死人的脚上，然后把这两个人抬到河边。

瓦莱里安山上的炮声还在不停地轰鸣着，整座山笼罩在烟雾中，简直成了一座烟山。

两个大兵一个抬头，一个抬脚，把莫里索抬起来，另外两个大兵也用同样的方式抬起索瓦热先生，他们把两具尸体来回荡了几下，然后一使劲抛出好远。尸体在空中划了一道弧线，然后头朝上，捆着石块的脚朝下，笔直地落进河中。

原本平静的河水被溅起来，翻腾着并冒出了很多水泡，晃动了一会儿，然后又平静下来，细微的波浪一直漾到岸边。

水面上飘着几缕鲜血。

那位始终泰然自若的军官咕哝说："现在轮到鱼来吃他们了。"

随后他朝着那座房子走过去。

他忽然瞥见草地上的那一兜鱼，提起来查看了一下，笑嘻嘻地叫道："威廉！"

一个系着白围裙的士兵跑过来。普鲁士军官把那两个被枪毙的人钓来的鱼扔给他，吩咐道："你马上给我把这些小鱼煎一煎，趁它们还活着，一定很美味。"

皮埃罗

——献给亨利·鲁宾

勒费弗尔太太是一位富有的乡下太太，她是个寡妇。像她这种既不属于乡下也不属于城市的老太太，很喜欢戴花边和波浪纹的帽子，用一些粗俗的丝带打扮自己，并在大庭广众之间摆出一副高贵的神态，不过讲起话来却常常把连音搞错。像这一类女人，一般来说在她们花花绿绿的可笑的外表下面，大抵都隐藏着一个自命不凡的粗俗的灵魂，就如同她们戴的生丝手套下面隐藏着一双又红又粗的手一样。

勒费弗尔太太并不是一个人生活，她雇用了一个女仆，是一个老实厚道的农家妇人，头脑很简单，名字叫萝丝。

这两个女人住在一座有着绿色百叶窗的小房子里，小房子靠着一条大路，位于诺曼底的科区中心。由于住宅前面有一块窄窄的园地，她们就种了一些蔬菜。

一天夜里，有人偷走了她们十多头洋葱。

萝丝一发现这件小小的偷窃案，便马上跑去通知了勒费弗尔太太。勒费弗尔太太一听到这个消息，穿着羊毛裙子就跑下楼了。这实在是一件既叫人痛心又叫人害怕的事情，竟然有人偷了东西，而且偷了勒费弗尔太太的东西！这么说，当地有贼了，而且他们偷了一次就有可能再来。

这两个女人很是惊慌失措，她们一边查看着脚印，一边喋喋不休地谈论着，并对此次偷盗做出种种推测：“瞧，他们是从这里过来的，他们先爬到墙头上，然后又从那里跳到菜畦里。”

她们越想越觉得可怕，不免为未来的日子担心，今后还怎么能安稳睡觉呢？

勒费弗尔太太被偷的消息四下传开了，邻居们都跑来观察讨论。每来一个人，主仆二人都要把她们看到的和想到的重新说上一遍。

后来，一个住在附近的农庄主人替她们出了个主意：“你们应该养一条狗。”

这倒是真的，她们是该养一条狗，有什么情况叫两声提醒她们一下也是好的。不过不要那种大狗，上帝啊！那种大狗怎么养得起！单单吃就会使她们倾家荡产。只要一条小狗，一条会尖声叫唤的娇小玲珑的小狗就行了。

大家一走，勒费弗尔太太立刻就盘算起养狗这件事情来。她和萝丝讨论了好久。经过考虑，她总觉得怎样都不妥当，因为一想到那满满一盆狗食她就吓坏了。她是属于那种精打细算的乡下太太，平时口袋里总带着几个铜子，好当着人面十分慈悲地施舍给路边穷苦可怜的人，又或者应付礼拜日教堂里的一些募捐。而萝丝则是喜爱猫狗这类小动物的，她举出一些理由，并且巧妙地为这些理由辩解。于是，她们最后决定养一条狗，一条非常小的小狗。

确定要养一条狗之后，她们开始寻找，但找来找去都是一些大狗，一些有着骇人食量的大狗。罗勒维尔的杂货店老板倒是有一条很小的狗，但他一定要人付给他两个法郎，说是用来补偿他把小狗养大的费用。勒费弗尔太太当然不乐意，她则宣称，虽然她非常想养一条狗，但她决不花钱去买。

后来，面包店的老板知道了这件事，一天早晨，他驾着一辆马车带来了一条样子像个怪物似的小狗。

这个小家伙一身黄毛，几乎没有脚，却又像鳄鱼那样长；头跟狐狸差不多；一条向上竖起的尾巴就像高高翘起的羽毛饰品，长短几乎跟整个身体一样。它原是面包店的一个老主顾的，不过现在他不想要了。这条邋遢不堪、一文钱也不值的小狗，勒费弗尔太太倒觉得非常美丽。萝丝把它抱起来亲了一下，随后问它叫什么名字。面包房老板回答说："皮埃罗。"

她们把皮埃罗放在一只旧的肥皂箱子里，先给它喂点水，它喝了；后来又给它拿来一块面包，它吃了。勒费弗尔太太有些发起愁来，不过后来她又有了一个主意："等它在家里习惯了，就把它放开，让它自己到外面去找食物吃，它在附近一带转转一定会找到吃的东西的。"

没过多久，勒费弗尔太太真的就把它放开了，但这样做并不能保证它不挨饿。而且它也只有在要东西吃的时候才尖声尖气地叫唤，也只有在这种时候它叫得特别厉害。

园子里还是和往常一样，任何人都可以走进来，因为皮埃罗对每个新来的人都上去摇头摆尾表示友好，绝对不叫一声。

勒费弗尔太太对这只狗也渐渐有点儿习惯了，她甚至有点喜欢它了，有时候还把面包在自己的肉汤里蘸一蘸，亲手喂给它吃。

不过，麻烦事还是来了。因为她压根儿没有想到还有个纳税问题，为了这条连叫也不会叫的不中用的小狗儿，她得交付八个法郎的税金。所以，当有人来向她收取这笔费用，并告知她“八个法郎，太太”时，她吓得差点昏过去。

纳税金的事，让勒费弗尔太太马上作出了一个决定，她要把这个皮埃罗摆脱掉，可是其他人都表示拒绝。因为没有找到更好的解决办法，勒费弗尔太太只有下狠心让它去“吃烂泥”。所谓让它去吃烂泥，就是让它去吃泥灰岩。

在当地，一直都有这一习惯，凡是人们不愿养的狗都把它送去“吃泥灰岩”。在一片广阔的平原中央，有一个茅草屋子，或者不如说是搁在地上的一个小小的茅草屋顶，这就是泥灰岩矿的入口。它是一个陡直的深入地下二十米的大矿井，下面通连着一条条长长的坑道。只有在每年为田地施加泥灰岩的时节，人们才会下到这个矿井里一次；

其余的时间里，它就是用来作为被判处死刑的狗的坟墓。所以，每当人们经过井口附近的时候，常常会听到一声声哀嚎，一阵阵愤怒或绝望的吠声，还有断断续续凄厉求救的号叫从下面传上来。

对于这个发出呻吟声音的井口，打猎人和牧羊人养的狗都吓得远远地避开。如果有人从上面探身往下望一望，立刻就会嗅到一股难闻的腐臭气息冲上来。

在这阴暗的深渊里正在上演着一出出惨不忍睹的悲剧。

一条狗，靠吃前面的那些死狗的腐烂尸体勉强维持生命，挣扎了十一二天，就在奄奄一息之时，突然又有一条狗被扔下来，这条新扔下的狗当然比原来的那条更强壮些。于是，这两条被抛弃的狗碰到了一起，又全都饿着肚子，眼睛自然就炯炯发光起来。它们互相窥视着，互相追随着，都在犹豫不决，都在惶惶不安。但饥饿逼迫着它们，最后的互相攻击就在所难免了；这是一场真正的你死我活的激烈的斗争，斗了很长时间，最后强的咬死了弱的，把它活生生地吞食掉。

送皮埃罗去吃烂泥的主意一经议定，接下来就是要寻找一个执行这项任务的人。负责维修道路的那个养路工人宣称要十个苏的费用才肯跑这一趟，勒费弗尔太太认为这简直就是敲竹杠。附近的一个泥水匠学徒倒是只要五个苏就行了，但勒费弗尔太太仍然觉得太贵。最后，萝丝出了个主意，说不如她们自己把它送去，这样既免得它路上受到虐待，也免得让它预先知道自己的命运。于是她们决定等到天黑以后两个人一起去。

这天晚上，她们给皮埃罗弄了一盆美味的肉汤，还特地加了一丁点儿黄油。它吃得光光的，连最后一滴汤汁也舔得干干净净。就在它心满意足地摇着尾巴时，萝丝一把将它抱起来放到围裙里。

就这样，她们像两个到农田里去偷东西的人一样，跨着大步急急匆匆地穿过平原，很快就到了那座泥灰岩矿的井口。勒费弗尔太太在井口处俯下身子，想听听有没有狗的呻吟声——没有，里面没有狗。她想：这是好事，皮埃罗下去后，坑里只有它一条狗，不至于有什么危险。

这时，萝丝已经泪流满面，她吻了吻皮埃罗，然后就把它扔到洞里去了。两个人又都俯身下去，竖起耳朵倾听着。她们先听见一下沉闷的响声，接着是尖锐的呻吟声，那是一只受伤动物发出的令人心碎的声音；随后又是一连串低低的痛苦的哀号，再后面是绝望的叫唤，是一条抬着头仰望着洞口的狗的乞怜声。

它尖声地叫着，叫啊叫啊，叫个不停。勒费弗尔太太和萝丝突然感到后悔了，她们害怕起来，只觉得有一种莫名其妙的恐惧笼罩在周围，最后，两个人吓得都拔起脚就逃。萝丝跑得快，勒费弗尔太太叫着："等等我啊，萝丝，等等我啊！"

整整一夜，她们都被可怕的噩梦纠缠着。勒费弗尔太太梦见她正坐在桌前吃饭，掀开大汤碗的盖子，里面却是皮埃罗。它跳起来，一口咬住她的鼻子。她惊醒过来，耳边还在响着那条小狗的尖叫声；她又凝神听了一下，才知道自己弄错了。后来她又睡着了。她又梦见自己走在一条大路上，这是一条一眼望不到头的大路。她正顺着这条路走着，忽然，她发现路中央有一个大篮子丢在那里。这是一个农民用的那种大篮子。不知为什么，这个大篮子使她感到害怕，因为好奇，她最后还是把篮子掀开来，却发现皮埃罗蜷缩在里面，它看见她之后便一口咬住她的手再也不放；她发狂地逃跑，手上就挂着这条狗，死也不松口。

被折磨了一宿的勒费弗尔太太几乎发疯了，天一亮她就起来朝着泥灰岩矿跑去。皮埃罗还在尖声叫唤，不停地尖声叫唤，它已叫了整整一夜。勒费弗尔太太呜呜咽咽地哭起来，用无数温柔的称呼喊它。而它也用各种不同声调的温柔的叫唤声回答她。这时，她一心想着就是要把它弄上来，并决定要让它快快活活过上一辈子。

于是，她跑到那个挖泥灰岩的掘井工人家里，向他诉说了自己的这一情况。那个工人一言不发地听着，等她讲完以后，他开口道：“您想要您的狗？拿四个法郎来吧。”她自然是吓了一跳，方才的悲伤也一下子都飞走了。

“四个法郎！您不怕撑死了！四个法郎！”

他回答说：“为了给您把它弄上来，我得把我的那些绳子、摇手架搬去支起来，带着我的孩子一起下去，保不齐还会让您那条该死的狗咬上一口。您以为我费上这些事是吃饱饭没事干寻开心吗？当初你就不该扔下去嘛！”

她怒气冲冲地走了，嘴里还念叨着：“哼！四个法郎！”

一回到家里，她马上把萝丝喊来，告诉她掘井工人的要价。萝丝一向依顺主人，跟着说：“四个法郎，这可是一笔钱啊！太太。”

不过后来她又加上一句：“要是给这只可怜的狗丢一点吃的东西，让它不至于饿死怎么样？”勒费弗尔太太听了非常高兴，觉得这个办法可行，于是她们两人带上一大块抹上黄油的面包又去了石灰岩矿的井口。她们把面包切成小块，你一块我一块地丢下去，并且轮流跟皮埃罗讲话。狗吃完一块，马上就尖声叫唤要求下一块。

傍晚她们又来一次，接着第二天，然后每天都来。不过后来她们每天只来一次了。但一天上午，当她们扔下第一块面包时，忽然听到坑井里传来一声响亮可怕的吠声。原来井里有两条狗了！又有一条狗被丢下去，而且是一条大狗！

萝丝站在井口处叫了一声："皮埃罗！"皮埃罗尖声尖气地叫起来。于是她们把食物扔下去，但每一次她们都清清楚楚听到一阵可怕的你争我抢的撕咬声，随后是被咬伤的皮埃罗的哀号，它的同伴比它强大，扔下去的东西全被这条大狗吃了。

尽管她们交代得很清楚："这是给你的，皮埃罗！"但皮埃罗显然什么也没有得到。两个女人面面相觑地愣在那里；后来勒费弗尔太太用尖酸的口气说："我总不能把别人丢到里面的狗都养起来啊，只有随它去了。"一想到所有的狗都要靠她养活，她就又气又急，激动得说不出话来。于是，她拔脚就走，连剩下来的一点面包也带回去了，一路走一路吃了起来。

萝丝则紧跟在她身后，不停扯起自己的蓝布围裙擦着眼角。

骑马

这对可怜的夫妇靠着丈夫的一点微薄的薪水勉强维持生活。自从结婚以后，他们已生有两个孩子，使本来就拮据的家境，进一步沦为一种更为卑贱低微、自惭形秽的穷困生活；也就是那些没落了的贵族家庭所过的，尽管日子已经捉襟见肘，十分艰难，但面子上还死命要保持他们原来高贵身份地位的那种穷困的生活。

埃克托尔·德·格里伯兰从小就住在外省父亲的庄园里，是由一个作为家庭教师的年老教士教导长大的。他的家庭不算富有，不过从表象上看还过得去。二十岁那一年，家里给他谋到一个职位，他便到海军部当了一名职员，年薪一千五百法郎。和那些自小没有受到过严酷的生活斗争训练的人一样，他习惯了隔着一层云雾看生活，既不懂得运用手段，又不具备反抗能力，从此他就被搁浅在这块礁石上。一般来说，这类人在幼年时，往往没有注意发展他们的特殊天分和专门才能；也没有培养他们坚强的斗争毅力，并让他们掌握某种谋生的手段或工具；像他们这样赤手空拳，一无所长，一旦进入社会，自然免不了搁浅。所以在部队里头三年的日子，对他而言是极其难熬的。

后来他总算遇到了几个家乡的故旧，不过都是一些落后于时代的老年人，家境也都不宽裕；他们全部住在圣日耳曼区的那几条凄凉的贵族街上。这些熟人在一起便形成了一个互相往来的小圈子。

在那些死气沉沉的楼房的最高几层，住着的都是这些和现代生活格格不入、既自卑又高傲的穷贵族。其实，这些楼房从高到低，住着的都是一些有爵位的人，不过从底层到七楼，所有住户似乎都不太有钱。

这些过去曾经显赫一时，由于游手好闲而破落的人家，永远抱着阶级偏见，他们念念不忘的是自己昔日的身份地位，日夜操心的是他们的家世不要再衰败下去。埃克托尔

·德·格里伯兰就在这群人中间遇到一个和他一样出身贵族而家境贫寒的年轻姑娘，并和她结了婚。

四年中他们生了两个孩子。

而后的又一个四年中，这个人家依然没有摆脱过穷困。除了星期天到香榭丽舍大街散散步，以及冬天偶尔有一两次晚上，凭着同事送来的优待券能去戏院看一场戏以外，他们就再也没有别的消遣了。但就在这一年冬末春初时候，他的科长委派他做了一件分外的工作，他得到了一笔三百法郎的额外酬金。

揣着这笔钱回到家里，他对妻子说："亲爱的昂丽埃特，这下我们应该享受一下了，带孩子们出去玩一次怎么样？"

经过长时间的讨论以后，他们决定到乡下去玩一玩，并在外面吃一次饭。

"当然，"埃克托尔叫起来，"只能这一次，下不为例；我们租上一辆四轮大马车给你、两个孩子和女仆坐，而我呢，我到驯马场里租一匹马来骑骑，这对我的身心有好处。"

于是，之后的整整一个星期里，大家谈论的全是这次出游的事。

每天晚上从办公室回到家，埃克托尔总要把他的大儿子抱起来，让他骑在自己的大腿上，使劲地颠他，并对他说："你看，下个星期日出去郊游时，爸爸就是这样骑着马跑的。"

这个孩子也就整天跨在一把椅子上，拖着它在客厅里团团转，一面不停地叫着："这是爸爸骑马呢。"

就连女佣人也以又惊又喜的目光瞧着主人，想象着先生如何骑在马上和马车并排而行；每次吃饭时，她总在一旁聆听着主人有关骑术的高谈阔论，以及他过去在父亲家里骑马时的惊人骑术。女佣人心想：哎呀！原来先生在骑马方面是受过良好训练的，只要一跨上马，就什么也不怕，真的什么也不怕。

他还不止一次地搓着双手喜滋滋地对他的妻子说："要是他们能给我一匹不大驯服的马那我会更高兴。你看我怎样来骑它。要是你愿意，我们从布洛涅树林回来时还可以绕道香榭丽舍大街走，那时我们该多神气。要是再遇上一两个部里的同事那就更好了，单凭这一手，我就会得到上司们的青睐。"

到了出发的那一天，马车和他要的马同时来到门口。他立即下楼去检查他的坐骑，他已经叫家里人给他缝好系在鞋底下用来扣紧长裤脚管的带子，而他手里摆弄着的，是一根前一天才买来的马鞭。他把这头牲口的四条腿逐一托起来扪了一遍，按了按它的颈项、两肋、后腿弯，并用一只手指叩了叩它的胁部，而后又掰开它的嘴巴，检查了牙齿，还随口报出了它的年龄。

这时全家都已下楼，他又即兴做了一篇短短的有关骑马理论和实践的演说，从一般的马谈到眼前的这一匹马；他认为这匹马相当不错。

当全家人都在车子里坐定后，他又看了一下马鞍的肚带，然后踏上一只马蹬，飞身一跃，重重地落在马背上。马在这一记重压下跳了起来，差点把骑它的人摔下来。

埃克托尔吃了一惊，努力使它平静下来：“喂，别慌，我的朋友，别慌。”

后来，驮人的安静下来，被驮的也四平八稳地坐好了，于是他问道：“大家都准备好了吧？”

全体人员异口同声地回答：“准备好了。”

于是他命令:“出发!”

队伍终于开动了。

所有的眼光都紧盯着他。他学着英国人骑马的方式，让马小步快跑，还故意在马背上大起大落，屁股刚刚落下来碰到马鞍，又马上蹦起来，好像要蹿到天空中去似的。而且，他的身体又不时地倾向前面，仿佛要栽倒在马鬣上，两只眼睛则紧张地盯着前方，面孔绷得紧紧的，脸上一点血色都没有。

他的妻子膝上抱着一个孩子，女仆则抱着另一个，两个人不停地说:“瞧爸爸，瞧爸爸!”

两个孩子由于马车的颠动，加上心中的快乐和对新鲜空气的迷醉，不禁高兴得大喊大叫。

叫嚷声显然是把马吓着了，终于狂奔起来。骑马人手忙脚乱地制止它时，帽子又滚落到地上，车夫不得不从座位上下来替他把帽子捡起来。埃克托尔一面从车夫手中接过帽子，一面远远地对妻子喊道:“不要让孩子们这样喊叫了，这会使我管不住马的!”

午饭是在韦齐内树林里的草地上吃的，都是用盒子盛着的各种食品。

三匹马尽管有马夫照管着，埃克托尔还是不停地站起来，时时刻刻要去看看他的那匹马是不是缺少什么东西；他抚摸着马的颈项，把面包、糕点、糖都喂给它吃。

他说：“这是一匹受过快跑训练的烈马，刚上去的那段时间里，它简直把我颠得摇摇晃晃的，不过你已经看到，很快我就操纵自如了。现在它已经领教了我的厉害，不会再乱蹦乱跳了。”

正如当初计划的那样，他们回来的时候绕道香榭丽舍大街。

这条宽阔的林荫大道上车辆拥挤，路两旁散步的人特别多，简直如同两根长长的黑色缎带，从凯旋门一直延伸到协和广场。强烈的太阳洒下万道金光，以致这些车辆上涂的漆、马鞍辔上的金属附件，以及车门上的把手都一闪一闪地发亮。

这一大堆人群、车辆、马匹似乎都陶醉在生活里，被一种要活动的疯狂欲望刺激而蠢动着。在天的那一边，方尖碑矗立在一片金黄色的水汽中。

自从一过凯旋门，埃克托尔所骑的那匹马就被一种崭新的强烈欲望所驱使，它快步从这些车辆中间穿过，奔向马房的位置。骑马的人虽然想尽办法让它安静下来，它却置之不理。现在马车已经被甩在后面，距离很远了。对面就是工业大厦，这匹马一看到地面开阔了，马上向右一转狂奔起来。一个身上系着围裙的老太婆正步履安详地过马路，这时埃克托尔的马也飞快地奔过来，而老太婆正好挡在路中央。埃克托尔已经无法控制他的坐骑，只好拼命大声喊起来："喂！注意！喂！快避开！"

也许她是个聋子，因为她还是不慌不忙地走她的路，直到被这匹像火车头一样冲过来的马的前胸撞倒为止；她仰面朝天，连翻了三个跟头，滚到十步开外的地方。

周围响起了许多人的喊声："拦住他！拦住他！"

吓得魂飞魄散的埃克托尔一面死死地抓住马鬃，一面拼命狂喊："救命啊！救命啊！"

就在这时，马突然猛地一个激烈的颠动，把他像球一样从他的骏马耳朵上方抛出去，正好落在一个扑上来拦阻他的警察的怀里。眨眼间四周围满一大群愤怒的人，他们指手画脚，大喊大叫。尤其是一位老先生，这位佩戴着圆形大勋章，蓄着两撇很大的胡髭的老先生好像特别气愤。

他反复说："真该死，一个人这样笨拙的话就应该待在家里，既然不会骑马就不应该到街上来害人！"这时，有四个人抬着那个老太婆过来了，她好像已经死去，面色蜡黄，头上一顶无边软帽歪向一边，沾满灰色的尘土。

"把这位妇人抬到药房里去，"那位老先生命令道，"我们一起到警察分局去。"

就这样，埃克托尔由两名警察押着走了，另一名警察牵着他的那匹马。一大群人跟在后面。而此时，那辆四轮大马车忽然出现了，他的妻子向他奔过来，那个女仆则吓昏了头，两个孩子也吓得乱叫乱嚷。

他告诉他的妻子，说他撞倒了一个妇人，看样子应该问题不大，马上就会回来的。听他这样说，吓得神魂颠倒的家人这才走了。在警察分局，情况很快就说清楚了。他交代了他的姓名身份：埃克托尔·德·格里伯兰，供职于海军部。然后，大家就专心等待受伤者的消息了。一个派去了解情况的警察回来了，说老妇人的神智已经恢复，不过她喊说自己身体里面痛得非常厉害。妇人的身份也已经清楚，她是一个女佣，今年六十五岁，人们称她西蒙太太。听说她没有死，埃克托尔这才重新有了指望，他答应负责她的医疗费用，然后马上跑到药房里。

一大群吵吵嚷嚷的人停留在药房门口，那个老妇人瘫在一张安乐椅上，哼哼唧唧的，两只手无力地垂下来，面孔呆呆的没有表情。两个医生还在替她做着检查，说她的四肢没有一处折断，但担心她会有内伤。

埃克托尔问妇人："您痛得很厉害吗？"

"唉！是啊。"

"哪儿痛啊？"

"胸口里好像火烧似的。"

一个医生走过来说："先生，您就是肇事人吗？"

"是的，先生。"

"就目前来看，最好是把这个妇人送到一家疗养院去。我倒认识一家，一天只收六个法郎，您愿意不愿意我来给您办理一下？"

埃克托尔大喜过望，谢过医生之后，便如释重负地回家了。他的妻子正流着眼泪在等他。他安慰她说："没有什么大不了的，那位西蒙太太已经好多了，再过三天就会痊愈的。现在我已经把她送到一家疗养院去了，不会有什么事的。"

不会有什么事的!

第二天，他从办公室一出来就去询问西蒙太太的情况，他发现她正心满意足地喝着肉汤。

“好一点了吗?”他问。

她回答说:“哎呀，我可怜的先生，还是老样子，我简直绝望了，一点也没有见好。”

负责看护的医生也说得等一等再看，因为有一种并发症会突如其来地出现的。

他等了三天，然后又来看她。老妇人的面色很是鲜亮，眼睛也很有神，只是一看见他就呻吟说:“我不能动了，我可怜的先生；我不能动了，看来到死我都只能这样，动弹不了了。”

埃克托尔听了妇人的话，只觉得全身冰冷。他问医生，医生举起双手说:“有什么办法呢，先生，我也弄不清楚是什么原因，只要一扶她起来，她就大喊大叫，连挪动一下她的椅子她都要尖声尖气地叫喊。我只有相信她说的话都是真的，先生，我又不是她肚里的蛔虫，只要我没有看见她下地行走，我就没有权力怀疑她是在说谎。”

那个老婆子就待在椅子里，一动不动地听着，眼睛里露出狡黠的目光。

一个星期过去了，接着又过了半个月，随后是一个月，西蒙太太始终没有离开她的安乐椅。她从早吃到晚，养得又肥又胖，整天和另外一些病人有说有笑，她好像已经习惯于这种一动不动的生活了。过去五十年的佣人生活中，一天无数次地上下楼梯，铺床叠被，一层一层往楼上搬运煤炭，整天不停地这里扫扫那里刷刷，她每天都有做不完的事情。经历了这么多年的劳苦生活后，现在仿佛是她难得的、理所当然的休息的时候了。

埃克托尔被这位妇人弄得神魂不安了，他每天都到这里来看她，每次都发现她过得平静自在，一副心安理得的样子。但她一见到他就说：“我不能动了，我可怜的先生，我不能动了。”

每天晚上，格里伯兰太太总提心吊胆地苦着脸问他：“西蒙太太怎么样了？”

而他每一次都灰心丧气地说：“没有变化，一点变化都没有！”

没多久，他们辞掉了女佣，因为工钱越来越负担不起了。平时他们更加节衣缩食，为了那个妇人，那笔额外报酬已经全部贴进去用光了。

在这种情况下，埃克托尔请了四位有名的医生来替这个妇人会诊。妇人倒很配合，听凭他们检查，一面让他们摸啊，按啊，一面用狡猾的眼光偷偷地窥视着他们。

“应该叫她走走路。”一个医生说。

“我不能走啊！我的好先生们，我不能走啊！”

他们于是挟住她，硬把她扶起来，拖着她走了几步，但她立马便发出杀猪似的叫声，最后还是从他们手中滑出来瘫倒在地板上，弄得几个医生不得不小心翼翼地又把她抬回到原来的椅子上。医生们发表了审慎的意见，不过最后还是诊断她已经不能胜任工作。当埃克托尔把这个消息带给他的妻子时，她跌坐在一张椅子上，嘴里结结巴巴地说：“最好还是把她弄到家里来吧，这样可以省点钱。”

他一听就跳了起来：“到这里来，弄到家里来，你怎么能这样想?”

可他的妻子现在已经没有任何想法了，只能听天由命了，于是她噙着眼泪说道：“那能怎么办呢，亲爱的，这又不是我的错！……”

我的叔叔于勒

一个白胡子老头向我们讨钱。我的同伴约瑟夫竟给了他五法郎的银币。我感到很惊奇。于是他对我说，这个穷汉使他想起一件事，这件事他一直记在心上，念念不忘。他说这就讲给我听，事情是这样的：

小时候，我的家住在勒阿弗尔，并不是有钱人家，也就是勉强度日罢了。我的父亲做事很勤奋，每天很晚才从办公室回来，挣的钱不多。我还有两个姐姐。

我的母亲对我们拮据的生活感到非常痛苦，常常找出一些尖酸刻薄的话，一些含蓄恶毒的责备话发泄在我父亲身上。我可怜的父亲这时候总会做出一些手势，叫我看了心里十分难过。他总会张开手去摸一下自己的额头，好像抹去那些根本不存在的汗珠，并且总是一句话也不回答。我能体会到他那种无可奈何的痛苦。

那时家里样样都要节省，有人请吃饭从来都不敢答应，以免回请。买日用品也是常常买减价的日用品和店铺里铺底的存货。姐姐们通常都是自己做衣服，买十五个铜子一米的花边还常常要在价钱上争论半天。我们日常吃的是肉汤和用各种方式做的牛肉。据说这样卫生且富有营养，不过我还是喜欢吃别的东西。我要是丢了纽扣或者是撕破了裤子，一定会被狠狠骂一顿。

尽管如此，每个星期日我们都要衣冠整齐的去防地坡上散步。我的父亲穿着礼服带着帽子套着手套，让我的母亲挽着他的胳膊。我的母亲也会打扮得五颜六色，好像万国旗的海船。姐姐们总是最先打扮整齐，等待着出发的命令，可是到了最后一刻，我们总会在一家之主的礼服上发现忘记擦掉的污点。于是，就赶快用沾了汽油的旧布来将它擦掉。我父亲头上便顶着他的大礼帽，只穿着背心，露着两只衬衫袖管，等着这道工序做完。在这个时候，我的母亲就会架上她的近视眼镜，脱下手套，免得弄脏它，忙的不亦乐乎。

之后，全家便很隆重的上路。姐姐们挽着胳膊，走在最前面，她们已经到了出嫁的年龄。所以父母便常带她们出来叫城里人看看。我在我母亲的左边，我父亲在她右边。我现在还记得我可怜的父亲在星期日散步时那种郑重其事的神情：他挺直了腰杆，伸直了腿，迈着沉重的脚步向前走着，仿佛他的态度举止关系着一桩极端重要的大事。

每个星期日，只要看到那些从辽远陌生地方来的大海船开进港口，我的父亲就要重复那句从未变过的话："唉！要是于勒在这条船上那该多叫人惊喜啊！"

于勒是我父亲的兄弟。我的这个叔叔从前是家中的一个祸害，后来则成为全家唯一的希望。我从小就听到大人们谈论他，对他熟悉到好像只要一见面就能马上认出他来。他没到美洲之前的生活情况我全知道，甚至连一些细枝末节的事都一清二楚，尽管家里人谈起他这段时期的生活时总是压低了声音。他大概品行不好，也就是说他曾挥霍掉家中一些钱财。对穷人家庭来说，这可是一种最大的罪行。在有钱的人家里，一个人吃喝玩乐顶多算是荒唐、干蠢事，人们谈论起来也只是淡淡地一笑，说他是个花花公子而已。而在穷苦人的家庭里，一个小伙子如果把父母原有的一点家产也糟蹋掉，那可就是一个坏蛋，一个无赖，一个大逆不道的人了。这种区别还是有道理的，尽管是同样一回事，但行为的严重与否是要看它的后果的。

于勒叔叔除了把他自己应得的那份家产挥霍得一干二净之外，还使得我父亲原指望得到的那部分也化为乌有了。于是人们按照当时的习惯，将他送上一条从勒阿弗尔开往纽约的轮船，让他到美洲去了。

他一到美洲，就做上了一种说不出名头的生意，并很快来信说他已赚了一点钱，希望能够补偿他对我父亲造成的损失。这封信在我们家里引起了很大的震动，于勒，这个被人们认为毫无用处、一文不值的人，突然之间就变成了一个正直的、有良心的男子汉，一个无愧于达弗朗舍家族的好子弟，像所有达弗朗舍家族成员一样诚实可靠了。

此外，还有一位船长告诉我们，说于勒已租下一个很大的店铺，正从事一桩重要的买卖。两年以后他寄来了第二封信，信上说：

我亲爱的菲力普，我写信给你是希望你不要为我的健康担心。我的身体很好，生意也很顺利。明天我就要动身到南美洲去做一次长途旅行，我也许好几年不给你写信。如果我没有写信给你，你也不必挂念。我一发了财就会回到勒阿弗尔，到时候我们就可以幸福地生活在一起了……

后来，这封信成了我们全家的福音书，时时刻刻拿出来读，一有机会就拿出来给人看。果然，后来的十年里于勒叔叔的音信杳然。但我父亲的希望却随着时间的增长越来越大。我的母亲也常常叨咕："等到好心的于勒一回来，我们的处境就大不相同了。他可是个有本领的人。"

于是每个星期日，只要看到那些向天空吐出袅袅黑烟的大轮船从天边驶过来时，我的父亲总是重复他那句没完没了的老话："唉！要是于勒在这条船上那该多叫人惊喜啊！"

家里人眼巴巴地盼望着，就如同看到他挥动手帕在叫着："喂！菲力普！"

于勒要回来，这在人们的心目中已经毫无疑问。对他的归来大家拟定了上千个方案，甚至计划用叔叔的钱在安古维尔附近购置一座小小的别墅。我不敢肯定我的父亲是否已经就这件事与人着手商谈过。当时我的大姐已经二十八岁，二姐也已二十六岁，她们都还没有结婚，这成为我们全家的大心事。后来总算有一个看中我二姐的人上门来了。他是一个公务员，并不富有，但人还过得去。我总相信，这个年轻人最后之所以不再犹豫，下定决心向我二姐求婚，是由于一天晚上我们给他看了于勒叔叔的信的缘故。

我的父母赶紧接受了他的请求，并且决定婚礼之后，全家一起到泽西岛去做一次小小的旅行。泽西岛是穷人们最理想的旅行地点。这个小岛是英国的属地，路程不算远，只要乘轮船渡过海就到了。因此一个法国人只要走上两小时的海路，就能来到邻国的土地上，领略一下另一个民族的风光，并且可以观察一下在大不列颠国旗覆盖下面的这个岛上的风俗习惯，据言谈爽直的人说，那里的风俗习惯是相当不好的。

就这样，到泽西岛的旅行成为我们日夜思念的事情，我们唯一的期待，我们念念不忘的梦想。

终于等到了动身的那天。这一切如今想来就如同昨天的事情一样：生火待发的轮船靠在格朗维尔的码头上；我父亲慌慌张张的，正监督着把我们的三个包裹搬上船；我母亲忧心忡忡地挽着我那还没有结婚的大姐的膀臂——自从我的二姐嫁出去以后，我的大姐就有点失魂落魄似的，如同鸡窝中剩下的唯一一只小鸡；走在最后的是一对新婚夫妇——我的二姐和她的丈夫，他们总是落在后面，弄得我不得不总是回头去看一下。

汽笛响了。我们已登上船。轮船缓缓地离开防坡堤，在平静得如同绿色大理石桌面的海面上向前驶去。看着海岸逐渐逝去，大家都兴高采烈，就像所有难得出外旅行的人一样，又快乐又得意。我的父亲挺着礼服下面的肚子。礼服是当天早晨家里人仔细擦拭过的，所有的脏斑都擦掉了，这时还散发着一股汽油味，这是每次出门时都能闻到的。往常，只要一闻到这股气味，我就知道星期日到了。

就在这时，父亲忽然发现有两位先生正在请两位衣着入时的太太吃牡蛎。一个穿得破破烂烂的老水手用小刀撬开牡蛎壳后，递给这两位先生，这两位先生再递到两位太太面前。两位太太的吃法很别致：她们先把牡蛎放在一方精致的手帕上，然后伸进嘴去吮吸，这样就不致弄脏衣服。她们轻轻一吮，吸掉了牡蛎的汁水，随手把壳扔进海里。我的父亲肯定被这一幕打动了：在行驶的海船上吃牡蛎，这可是一件高雅的事情。他觉得这一行为既有派头，又优雅，于是走到我母亲和我的两个姐姐面前，问她们道："想不想让我请你们吃牡蛎?"

我的母亲有点犹豫，原因是怕花钱；但我的两个姐姐马上就接受了。我母亲气吁吁地说："我怕伤胃。你只买给孩子们吃好了，不过不要太多，不然你会让她们生病的。"然后转过身来对着我，又说了一句："至于约瑟夫，他就不要吃了，不要宠坏孩子。"

如此，我只好留在母亲身边，对这种不公平的待遇满腹委屈。我的眼睛跟着我的父亲，看着他郑重其事地领着两个女儿和女婿走向那个穿得破破烂烂的老水手。

先前的那两个太太已经走开。我的父亲比划着教两个姐姐怎样吃汁水才不会流出来。他甚至要吃一个做样子给她们看。他刚刚试着学那两个太太的样子做个示范，结果牡蛎的汁水立刻就溅在他的礼服上。于是我听到我的母亲咕哝着说："还是安分一点好。"

好像是突然之间，不知何故我的父亲好像不安起来。他从卖牡蛎的人身边走开几步，眼睛盯着挤在那里吃牡蛎的女儿女婿，忽然又朝我们这边走来。他的脸色好像非常苍白，眼神也非同寻常。他低声对我母亲说："真奇怪，这个卖牡蛎的人怎么这么像于勒？"

母亲一下子弄不明白，愣在那里，问道："哪个于勒？……"

父亲说："这……就是我的兄弟啊……要不是我知道他在美洲有很好的生活，我真要以为就是他了。"

母亲也慌张起来，结结巴巴地说："你疯了！既然你明明知道不是他，为什么还要说这种蠢话？"

但是父亲还是坚持说："你去看看吧，克拉丽斯，还是你自己去亲眼看一下好，看看到底是不是?"

母亲站起来，走到她的两个女儿身边。我也注意起这个人来，他又老又脏，满脸皱纹，眼睛一直不离开手里的活儿。

我的母亲回来了。我看见她有点哆嗦。她脱口便说："我看就是他。你去到船长那里打听一下情况吧，要特别谨慎，免得让这个无赖再次缠上我们。"

我父亲随即去找船长，我也跟着他。我心里觉得非常激动。

船长是个又高又瘦的人，蓄着长长的颊髯，正在驾驶台上散步。他那神色凛然的样子，就好像正指挥着一艘开往印度的大邮轮。我父亲彬彬有礼地走上去和他攀谈起来，一面说着一些恭维的话，一面有一搭没一搭地向他提出一些有关他职业上的问题，比如泽西岛的重要性啊，它出产什么东西啊，有多少人口啊，风俗习惯如何啊，土地性质怎样啊，等等。别人听上去还以为他们谈的至少是有关美利坚合众国的问题呢。

后来，他们终于谈到我们搭乘的这艘"快捷号"，话题很自然地就转到船员身上，最后我的父亲含糊不清地问道：“您的船上有一个卖牡蛎的老头子，样子很叫人怜悯，您知道一点他的底细吗？”

船长对这番谈话终于感到不耐烦了，冷冷地回答道：“这是个老流浪汉，法国人，是我去年在美洲发现把他带回国的。他好像在勒阿弗尔还有亲属，但他不愿回到他们身边去，因为他还欠他们的钱，他的名字叫于勒……于勒·达尔芒舍或达尔旺舍，总之和这差不多的姓。听说他在美洲时还阔绰过一段时间，但现在您看，他沦落到了这步田地。”

我父亲的脸色突然间变得苍白起来，喉咙也哽塞住了，眼神惊慌不安，他勉强说道：“噢！噢！很好……太好了……对这一切我并不感到吃惊……我非常感谢您，船长。”

说完他就走开了。那个船长有点困惑不解，怔怔地望着他离去。

他又回到我的母亲身旁，脸却吓得变了样子。母亲赶紧对他说：“你先坐下，这样人家会看出来的。”

他瘫坐在长凳上，嗫嚅地说：“是他，正是他，一点没有错。”

接着他又问道：“我们怎么办呢？……”

我母亲马上说：“得让孩子们离开他。既然约瑟夫全知道了，就由他去把他们找回来。要当心，千万不要让我们的女婿起疑心。”

父亲好像吓呆了，嘴里咕哝着：“真是意想不到的祸事啊！”

母亲显然是发怒了，她气狠狠地说：“我早就料到这个贼骨头做不出好事来，迟早又会成为我们的累赘的！倒好像达弗朗舍家的人能给人什么指望似的！……”

父亲又举起手掌在额头上抹一下，就像平常受了妻子责备时那样。

母亲又吩咐说：“把钱给约瑟夫，让他马上去把牡蛎钱付清。要是让这个讨饭的认出来就倒霉透了，那样一来船上就有热闹看了。我们到对面船头去，不要让这个人靠近我们！”她说完站了起来。父亲给了我一个五法郎的银币以后就赶紧和母亲一起走开了。

我的两个姐姐正在奇怪为何父亲迟迟不来。我告诉她们说妈妈有点晕船，随即问那个卖牡蛎的：“我们应该付您多少钱，先生?”

其实，我真的很想喊他“叔叔”。

他回答说：“两个半法郎。”

我把五法郎的银币交给他，他把找的钱给我。

我注意到他的手，那是一只布满皱纹的穷苦水手的手；我又注意他的脸，那是一张衰老艰辛的脸，满面愁容，疲惫不堪。我心里想：“这就是我的叔叔，我父亲的兄弟，我的亲叔叔啊!”

后来，我留下半个法郎给他做小费。他感谢我说：“上帝保佑您，年轻的先生。”

他说话的语气完全是一个穷人接受施舍时的那种腔调。我猜想他在美洲时一定要过饭。我的两个姐姐打量着我，看我这么慷慨惊得有点呆住了。当我把余下的两个法郎交还我父亲时，我母亲诧异起来，问道：“吃了三个法郎？……这不可能。”我用坚定的语气说：“我给了半个法郎的小费。”我的母亲吓了一跳，瞪着眼睛看着我说：“你疯了！拿半个法郎给这个人，给这个乞丐!”她本来还要再说下去，由于我父亲对她使了个眼色，示意她注意女婿，她才停住了。后来大家都没有再说话。

在我们的对面，一块紫色的阴影出现在天际，仿佛从大海中钻出来似的，这就是泽西岛了。当船靠近防坡堤的时候，我心里产生一股强烈的愿望：想再看一次我的叔叔于勒，到他的身边，对他说一些温暖的、安慰他的话。但他已经不见了。由于不再有人吃牡蛎，这个可怜的人肯定已回到他住的那个又脏又臭的底舱去了。

为了避免再遇到他，我们回来时特地换乘了另一条“圣玛洛号”船。一路上，我的母亲愁肠满腹，坐立不安。从此，我再也没有见过我父亲的兄弟！今后您可能还会看到我有时候要拿一个五法郎的银币给这些流浪汉，原因就在于我的叔叔于勒。

俘虏

森林里除了雪花落在树上的轻微摩擦声音以外，没有一点别的响动。雪从中午就开始落下。是一些不大的小雪。在树枝上集成一层苔藓状的冰。在落叶上织成一层银样的薄衣，在道路上形成一幅又白又软广阔无边的沉寂景象。

守林人的屋前，一个袖子卷得高高的，光着手臂的年轻妇人，正抡着斧头在一块石头上劈木柴。她身材高大，苗条而茁壮，一看就知道是一个从小在森林里长大的姑娘。年轻妇人的父亲和丈夫都是守林人。

这时，屋子里面有声音在喊她：“贝蒂娜，今天晚上只有我们两个人，进屋来吧。天已经黑下来了，说不定外面有普鲁士人和狼在转来转去呢。”

这个劈柴的年轻妇人正在劈一段树根。她一面不断挺起胸脯，一下又一下抡起斧头，一面回答道：“这就好了，妈妈，我就来，就来。不要怕，天还没有全黑呢。”

随后她搬了一些大大小小的柴块进来，沿着壁炉码好。之后她又跑到外面去关板窗，去关那些用榆木芯做成的板窗。最后，才进来扣好门上那些结实的门栓。

她的母亲是一个满脸皱纹的老妇人，正坐在炉火旁纺线，由于上了年纪，她的胆子也变小了。她说道：“我不喜欢你爸爸出去，两个女人是不顶什么用的。”

年轻女人回答道：“嘿！管它是狼还是普鲁士人，我照样可以打死。”说着她抬眼看了一下挂在壁炉上方的一柄大手枪。她的男人在普鲁士人刚开始入侵时就编进了军队，家里就剩下了两个女人和老父亲。她的父亲名叫尼古拉·皮雄，别人都叫他“长脚鹬”，也是一个老守林人。他死也不肯离开自己的家回到城里去住。

附近的城市就是雷泰尔，它坐落在一处悬崖上，是过去的要塞。这里的人一向爱国，市民们已决定防御入侵者，按照本城传统，坚守城池，抵抗围攻。在亨利四世和路易十四时代，雷泰尔的居民已经两次由于英勇地保卫家乡而享有盛誉。这一次他们也要同样对付这些该死的畜生，宁为玉碎，不为瓦全！于是他们买了枪炮，装备起一支自卫队，组成一些连营，整天在练兵场上操练。全城所有的人，包括面包师傅、食品杂货店老板、肉店老板、公证人、诉讼代理人、金银匠、书店老板、药剂师等全都按照规定时间，在拉维涅先生的指挥下轮流参加操练。拉维涅先生从前做过龙骑兵的士官，现在则是一家服饰用品店的老板，因为他娶了这家店主大拉沃当先生的女儿，并继承了她家的产业。

后来，他当上了要塞司令。

由于所有青年都已入伍，他就把剩下的人组织起来进行训练，准备抵抗。那些身体肥胖的人连走路都采取小跑的步伐，以期迅速消耗身上的脂肪，并减少气喘；瘦的人则用背着重物走路的方法，来强健他们的筋骨。人们等着普鲁士人，但普鲁士人并没有出现。不过他们就在附近不远的地方，因为他们的侦察兵已经有两次穿过森林，一直走到绰号“长脚鹬”守林人尼古拉·皮雄的家门口。老守林人跑起来像狐狸一样快，马上跑到城里报告。本来大炮已经瞄准好方向，但敌人并没有露面。之后，“长脚鹬”的住处就成为设置在阿韦林森林中的前哨，他每周两次进城采购生活必需品，并给城里人带去乡下的消息。

这一天他就是去报告一个情况的：一支德国步兵小分队前天下午两点钟左右曾在他的家中停留，后来随即走了，带队的士官会讲法国话。

他每次出去时总带上他的两条狗——两只嘴长得像狮子嘴似的又高又大的看门狗，为的是以防路上遇上狼。因为狼每到了这个季节就开始变得特别凶残起来。他临走时总再三关照两个妇人，天一黑就要将门关牢，再也不要出去。年轻妇人一点也不害怕，但那个老妇人始终胆战心惊，不停地说：“最后总要遭殃的，你们看好了，这样最后总要遭殃的。”

这一天晚上，老妇人比平时更加惶惶不安。“你知道你父亲几点钟能回来吗?”她问。

“哦！十一点钟以前肯定不会回来，每逢在司令家中吃晚饭，他回来得总是很晚。”年轻的妇人贝蒂娜刚把锅子挂在火上准备煮汤，忽然停住不动了，她听到烟囱管里隐隐约约有声音传出来。她轻轻地说：“树林里有人走路，至少有七八个人。”

老妇人听到女儿这么说，惊慌失措了，连手中的纺车也停下来，她结结巴巴地说：“啊！天哪！你爸爸又不在家！”她的话还未说完，屋外就响起了猛烈的敲门声，震得门都颤动起来。

由于两个女人没有应声，一个喉音很重的人厉声叫道：“开门！”中间停了那么一下，同样的声音又叫起来：“开门，不然我就砸门了！”

这时贝蒂娜把壁炉上的那杆大手枪塞到裙子的口袋里，然后把耳朵贴到门上问道：“你是什么人？”

那个声音回答道：“我就是那一天来过的小分队。”

贝蒂娜又问道：“你们要干什么？”

“我和我的小分队从上次起就在森林里迷了路。开门，不然我就把门砸碎了。”

贝蒂娜别无选择，只好赶快抽掉那根粗大的门闩，然后拉开沉重的门扇；在雪地略微有点发白的反光里，她看到黑暗中有六个人，六个普鲁士士兵，正是前天来过的那六个人。然后，她语气坚定地问道：“在这个时候你们来干什么？”

这个士官重复了一遍："我迷了路，完全迷了路。我认出这座房子。从早上起我什么都没有吃，我的小分队也没有吃。"

贝蒂娜大声说："不过今天晚上只有我和妈妈两个人。"

这个当兵的看上去是个老实人，回答道："没有关系，我不会伤害你们，不过你得给我们弄点吃的。我们又饿又累，实在不行了。"

贝蒂娜向后退了一步，说道："进来吧！"他们都走了进来，身上全是雪，头盔上好像盖着一层奶油泡沫，看上去很像奶油夹心点心。他们一个个显得又累又乏，疲惫不堪。贝蒂娜指着大饭桌两边的木头长凳，说道："你们坐下吧，我去给你们做点羹汤来。看样子你们实在太累了。"

说完她去重新关好门，插上门闩。她往锅里倒上水，放进一些黄油和土豆，然后取下挂在壁炉上方的一块肥肉，切下半块放到汤里。那六个人露出馋涎欲滴的样子，眼睛紧紧跟着她的每个动作。他们已经把枪支和头盔放到一个角落里，像学校里的小学生一样规规矩矩地坐在长凳上等待着。

老妇人又开始纺线，同时不停地用惊慌不安的目光看着这些入侵的大兵。这时除了纺车轻微的转动声、炉膛里木柴噼噼啪啪的爆裂声和锅里的水烧开了发出的哧哧声外，什么声音都没有。但是突然一个古怪的声音使他们毛骨悚然，这是一种嘶哑的喘息声，它发自门下，听上去像是什么野兽发出的响亮有力的气息。德国士官跳起来就去拿枪。贝蒂娜用一个手势止住他，并笑着说道："是狼，它像你们一样到处转来转去，它们大概也是饿了。"这个德国人不相信，想看一看。门一打开，只见两头灰色的大野兽大步飞速逃跑了。他回来坐下，咕哝道："不是亲眼看到我真不会相信。"他坐等着东西吃。简单的羹汤已经做好了。

他们狼吞虎咽地吃起来，为了吃得更多一些，他们的嘴巴简直要张到耳根处了，两只眼睛也睁得和嘴巴一样大，喉咙里发出像檐槽里流水似的咕噜咕噜的声音。两个女人默不作声地看着这些大红胡子狼吞虎咽，一块块土豆就像掉进了不断活动的浓密的毛丛里，转眼便消失了。因为他们渴了，贝蒂娜就到地窖里去给他们拿苹果酒。她在那里停留了很长时间。这是一间穹形的小地窖，据说在大革命时期，它曾被用做监牢，也曾当作藏身避难的处所；到里面去要通过一条狭窄的螺旋形楼梯，楼梯口就在厨房里头，上面盖着一块活动的翻板。

贝蒂娜再次出现时，脸上带着笑容，那是一种神色诡秘的窃窃暗笑。她把一罐苹果酒交给这些德国人，然后和她的母亲去厨房的另一头吃晚饭去了。这些士兵吃完饭，六个人围着桌子全打起瞌睡来。不时有一个脑袋耷拉下来，碰到桌面响起“咚”的一声，这个人猛然惊醒过来，随即又挺直身子睡了过去。贝蒂娜对那个士官说：“你们就睡在壁炉前面吧，这地方睡六个人是足够的。我和妈妈上楼到我的房间里去睡。”

于是两个妇人上楼去了。只听见她们关上门，上了锁，又走动了一会儿，然后就一点声音没有了。这几个普鲁士人就躺在地面石板上，脚朝着壁炉，头下枕着大衣卷，很快就都打起鼾来。六个人六种打鼾的声调，有的尖锐，有的浑浊，各不相同，但都连续不断，声音响得怕人。他们睡了很长时间，忽然响起了一声枪声，枪声是那么大，简直要让人以为是对着这座房子的墙开的。这几个德国兵顿时爬起来。就在这时，又是两声巨响，紧跟着又是三声枪响。

楼上的门突然打开，贝蒂娜跑了出来。她光着脚，身上只穿了一件衬衣和短衬裙，手里拿着一支蜡烛，神色慌张。她结结巴巴地说道：“法国军队来了，他们至少有二百人，假如发现你们在这里，他们要把房子烧掉的。你们赶快下到地窖子里去，不要有一点声音，要是你们弄出一点声音，我们全都完了。”

那个士官已经被吓懵了，他喃喃地说：“这样好，这样好，从哪里下去？”

贝蒂娜急忙掀起那块四四方方的、狭小的活动翻板，这六个人一个跟着一个，倒退着，用脚探着楼梯，从螺旋形小楼梯走下去，一个个钻到地底下不见了。

当最后一顶头盔的尖顶消失以后，贝蒂娜合上这块沉重的橡木翻板——它厚得像墙壁，硬得像钢铁，用铰链固定着，还装着一把牢房用的大锁。贝蒂娜将钥匙狠狠地转动两圈，将活门锁牢，然后笑了起来，这是一种无声的、乐不可支的笑，她恨不得在这些俘虏的头顶上跳舞才舒服。这些人真的没有一点响动。他们像被关在一个坚固的盒子——一个石头盒子里面，只靠一个装着铁栏杆的气窗通气。

贝蒂娜很快又点起火来，把锅子放上去，重新煮汤，嘴里轻轻念着：“爸爸今天夜里要累坏了。”随后她就坐下来等待。寂静中只有挂钟的钟摆嘀嗒嘀嗒来回有规律地摆动的声音。贝蒂娜不时朝钟面望上一眼，眼光里显得很焦急，好像在说：“怎么走得这么慢！”但没有多久她就听到脚底下好像有人在轻轻地说话。低低的、模糊不清的话音透过地窖石砌的穹顶传到上面来。

冷静下来的普鲁士人已开始识破她的诡计。很快，那个士官从狭小的梯级爬上来，用拳头捶击翻板，叫道："开门!"

她站起身来，走到活门旁边，模仿着他的腔调说："您要干什么?"

"开门!"

"我不开。"

那个德国人发火了："开门，不然我就砸门了!"

她笑起来："你砸吧！我的好先生，你砸吧！我的好先生。"

于是这个士官开始用枪托砸这块盖在他头顶上的橡木翻板，可是就是用炮轰它也未必有用。贝蒂娜从脚步声判断，他又走下去了。随后另外的士兵又上来，一个跟着一个试着他们的力气，并查看翻板的关闭装置。不过他们大概都认为这种企图肯定不能成功，于是又都回到地窖底下议论起来。

贝蒂娜注意着他们的动静，后来又去打开大门，伸着耳朵在黑夜里倾听。远处传来一阵狗吠的声音，于是她像猎人那样吹起了口哨，黑地里几乎凭空出现了两条大狗，欢蹦乱跳地向她扑过来。她按住它们的脖子不许它们再跑，接着便使足力气叫了一声："喂，爸爸!"

还在很远的地方有一个声音回答："喂，贝蒂娜!"

她稍微等了一下，随后又喊了一声："喂，爸爸!"

回答的声音已经近多了："喂，贝蒂娜!"

贝蒂娜又喊道："不要从气窗前面走，地窖里面有普鲁士人。"

左边突然露出一个男人的高大身影，停在两棵树干中间。此人正是贝蒂娜的父亲——皮雄老爹，他不安地问道："普鲁士人待在地窖里？他们干什么？"

贝蒂娜笑了起来："就是前几天来过的那伙人，他们在森林里迷了路，我把他们关到地窖里去了。"于是她把她怎样放了几声手枪吓唬他们，然后把他们关到地窖中的经过说给他听。

老守林人一直认真地听着，然后问道："现在你打算要我干什么呢？"

她答道："你去把拉维涅先生和他的队伍找来，他会将这些人作为俘虏抓起来的。他一定会很高兴的。"

皮雄老爹露出笑容："是的，他一定会很高兴的。"

贝蒂娜又说道："汤已经给你煮好了，你赶快吃了再走。"皮雄老爹先盛了满满两盆汤放在地上喂他的两条狗，然后才在桌旁坐下来吃自己的那一份。

普鲁士人听到有人讲话，不吭声了。一刻钟后，"长脚鹬"皮雄老爹又出发了。贝蒂娜双手支着头在等候着。这些俘虏又开始骚动起来。他们又喊又叫，不停地用枪托发疯似地砸那扇坚如磐石的翻板。后来他们又开始从气窗里向外开枪，无疑是希望附近的德国小分队路过时能够听到。贝蒂娜坐在那里没有再动，但这些吵闹声、枪声已明显使她感到不安，也叫她十分生气。她心中不由得升起一股怒火，真恨不得把这些无赖统统杀掉，好使他们安静下来。

后来她越来越焦急，开始望着挂钟，一分钟一分钟地计算时间。父亲已经走了一个半钟头，现在他已经到了城里。她仿佛看到他在做什么：他把这件事告诉了拉维涅先生；拉维涅先生激动得脸色发白，马上打铃叫他的女仆将他的制服和武器拿来。她仿佛已经听到鼓声沿街响起，一张张惊慌失措的面孔出现在窗口，国民自卫队员们纷纷从家门口出来，衣服还没来得及穿好，一边急急忙忙地扣着皮带，一边气喘吁吁地跑步赶向司令的住所。然后队伍开始出发，由“长脚鹬”皮雄老爹领路，在黑夜里冒着风雪向森林走来。她又看了看钟，心想他们再过一个钟点就可以到达这里了。她越来越焦躁不安，每一分钟都好像长得没有尽头似的，时间走得多么慢啊！钟上的时针终于指到了她预计他们到达的时间。她重新打开门，听听他们来了没有。她发现有一个黑影在小心谨慎地走过来，她吃了一惊，失声叫了出来。原来是她的父亲。

他说道：“他们派我来看看，情况有没有什么变化。”

“没有，还是老样子。”这一下轮到他吹口哨了。他朝着夜空吹了一声又尖又长的口哨，很快就看到一些褐色的物体从树底下慢慢地移过来，这是一支由十个人组成的先遣队。

“长脚鹬”皮雄老爹不住地提醒走来的人：“不要从气窗面前走。”

然后先来的人指着这个令人生畏的气窗再告诉后到的

人。最后大队人马出现了，一共有二百个人，每人配备着二百发子弹。

拉维涅先生激动得微微发抖，他部署队伍，把房子四周团团包围起来，只在地窖通气用的那个贴近地面的乌黑的小洞前，留下一片宽阔的空白地带。然后他走进住宅，询问敌人的实力和目前动态。这些德国兵现在变得无声无息，简直叫人以为他们已经消失，从通气孔飞走了。

拉维涅先生用脚跺了跺那块翻板，喊道："普鲁士军官先生！"

德国人没有应声。司令又喊了一声："普鲁士军官先生！"

仍然没有回答。在连续二十分钟里，他一直敦促这个默不作声的军官缴械投降，保证他和他的部下的生命安全，保证尊重他们的军人荣誉。但他没有得到任何同意或敌视的反应，情况变得十分为难。这些国民自卫队员一个个像马车夫取暖那样，在雪地里跺脚，甩起胳膊拍打自己的肩膀。他们望着那个通气孔，带着一种孩子气的心理，越来越想从它前面跑过去。

后来，他们中间一个名叫波德万的人来冒险了。他平时就是一个非常灵活的人，他猛然一跃，像头鹿一样冲过去。试探成功了。那些俘虏无声无息，都仿佛死了一般。一个人叫道："里面没有人。"又一个士官穿过这个危险洞口前的空白地带。于是这种冒险变成了一种游戏。隔上一分钟就有一个人跃起来从这一队冲到那一队，好像孩子们玩捉人游戏那样，动作这么快，以至于脚底下溅起的雪纷纷向身后抛去。为了取暖，已经有人用枯树枝燃起了几堆很旺的火，火光将这些国民自卫军从气窗左右两方来回奔跑的侧影照得清清楚楚。

有个人叫道："该你啦，马卢瓦宗！"

马卢瓦宗是个肥胖的面包师傅，他的大肚子常常成为同伴们取笑的对象。他迟迟疑疑地趑趄不前，大家开始讥笑他，于是他下决心跑了。他迈着正规的体操小跑步的步伐，气喘吁吁地跑起来，大肚子一颠一颠的。

全队的人都笑得前仰后翻，大家喊叫着给他鼓劲。

"好啊！妙啊！马卢瓦宗！"

就在他跑到路程的三分之二的地方时，突然从气窗孔里冒出一条长长的、通红的火舌，"砰"的一声巨响，大胖子面包师傅一声惨叫扑倒在地上。

没有一个人冲上去救他。大家看着他一面哎哟哎哟地哼着，一面手足并用在雪地上爬着，等到一爬出危险地带，他便马上昏了过去。他那又粗又肥的大腿上中了一颗子弹。最初一阵惊慌和恐惧过去以后，大家又都笑起来。这时，拉维涅司令官在守林人的门前出现了，他刚刚确定了他的进攻计划。他用洪亮有力的嗓音命令道："白铁匠普朗许和他的帮工们过来!"三个人走到他跟前。"把房顶的檐槽拆下来。"一刻钟后，他们给司令官送来二十米长的檐槽。

于是他叫人极其谨慎小心地在翻板边上开了一个小圆洞，将檐槽当成一条引水管道，利用唧筒将水一直送到这个洞口。然后他兴高采烈地宣布："我们要请这些德国先生喝个痛快!"

此话一出，立刻引起了一阵狂热的叫好声。士兵们乐得又喊又叫，笑得发了疯似的。司令官又组成几个工作小分队，让他们每五分钟轮换一次。然后命令道："抽水!"唧筒上的铁手柄开始摇动。沿着水管有潺潺的水流的声音；水很快就流进地窖中，它一个梯级一个梯级地往下流着，发出像瀑布似的轻轻的哗哗声，以及金鱼池里假山石上那种滴水的声音。

大家等待着。一个钟头过去了，接着两个钟头、三个钟头过去了。司令官焦躁不安地在厨房里来回走动着，不时地把耳朵贴着地面，想猜出敌人在干什么，暗自询问着他们是否会立马投降。

终于，敌人开始骚动了。听得出他们在讲话和搬动酒桶，还有脚踩在水里啪啪的响声。后来，到了早晨八点钟左右，从气窗里传来一个人的话声：“我要和法国军官先生讲话。”

拉维涅微微将头探出窗外回答道：“你投降吗？”

“我投降。”

“那么把枪丢出来。”

马上有一支枪从洞口丢出来，跌落在雪地里；接着两支、三支，所有的枪全都丢出来了。同一个声音又响起：“我们没有枪了，请您快点吧，我们要淹死了。”

司令官命令：“停止。”

唧筒的摇手柄停下来不动了。他先在厨房里布置持枪立正的士兵守候着，然后慢慢提起那块橡木翻板。

四个长着金黄色长发的水淋淋的脑袋出现了，一个个面色苍白；六个德国兵一个跟着一个全出来了。他们全都瑟瑟发抖，身上衣服湿透，惊慌失措。

他们马上被抓住了。因为担心有什么意外，国民自卫军立刻分成两队出发，一队押送俘虏；另一队护送马卢瓦宗。他躺在用床垫和长竿扎成的担架上。

国民自卫军胜利地回到雷泰尔。

由于拉维涅先生抓获一支普鲁士的先遣队，他获得授勋，而大胖子面包师傅也因为在敌前受伤得到了军人奖章。

真实的故事

室外狂风怒号，刮的是秋天里那种呼啸而过，席卷一切的大风；它吹落树枝上最后几片树叶，并把它们送上云端。

这些脚上还穿着沾满泥泞的长靴的猎手快要吃完他们的晚餐了，一个个面孔通红，精神振奋，兴致很高。他们都是诺曼底的小贵族，半是乡绅，半是农民，既家资富有，又身强力壮；他们体格强健得简直可以把集市上的牛拦住，把牛角扳断。

这些人在埃帕维尔镇镇长布隆代尔老板家的地里打了整整一天猎，现在正在这座属于东道主所有的农庄式的宅邸里围着一张大餐桌就餐。

他们讲起话来像是在狂喊乱叫，笑起来像猛兽怒吼，喝起酒来像无底洞；他们两条腿伸得笔直，两肘支在桌布上，眼睛在灯烛的光焰下闪闪发亮。一个大火炉里生着熊熊的旺火，血红的火光一直映到天花板上，把他们的身体烘得暖洋洋的。他们在谈论着打猎的事，谈论着他们的猎狗。他们已经喝得半醉，这种时候正是男人们心猿意马，想入非非的时候。现在他们的眼睛都跟着一个双颊丰腴、体格健壮的小姑娘转；小姑娘红通通的手里正端着盛满食物的大盘子。

忽然，一个大个子叫了起来，他叫塞儒尔，原先钻研神学，准备做教士，后来却当上了兽医，周围一带牲畜有病都由他治疗。

“嗬！布隆代尔老板，您还有着这么一个挺不错的小女佣啊！”这句话引起了一阵哄堂大笑。

这时，一个终日沉浸在酒杯里的没落的老贵族，德·瓦尔纳托先生提高嗓门说道：“我过去就跟一个和这个小女佣差不多的小姑娘有过一段奇特的经历。每一次想到这件事总要使我想起米尔扎来，它是我过去养的一条母狗，我已经把它卖给德·奥索内伯爵了，但每天只要一放开它，它就要跑回来，怎么也不肯离开我，弄到最后我生起气来，请伯爵用链条锁住它。你们猜这个畜生怎么了？它竟伤心难过的死掉了。”

“还是来讲讲我的这个女仆吧，事情的经过是这样的。”德·瓦尔纳托开始向大家讲述起来。

当时我二十五岁，住在我的维耶邦城堡里，过着单身汉的生活。你们知道，当一个人既年轻又有钱，每天晚上吃完饭又闲得无聊时，眼睛可就东转西转地不安分起来了。

很快我就发现了一个年轻姑娘，她是科维尔的代布尔托家的使女。您，布隆代尔先生，您是很熟悉代布尔托的，对吧？总之，她把我迷得很厉害，这个下流女人。终于有一天，我去找她的主人了。我提出和他做一笔交易：要是他能把他的女仆让给我，我就把我的一匹黑牝马科科特卖给他。他想这匹马已经想了近两年了。他向我伸出手掌对我说：“咱们一言为定，德·瓦尔纳托先生。”买卖就这么成交了。

后来，这个叫萝丝的小女人来到我的城堡里，我也把我的牝马牵到科维尔，以三百埃居的价格让给了他。

开头一段时间里，一切都很顺利，没有一个人怀疑什么。只是以我的口味来说，萝丝爱我爱得稍微过分了一点。要知道，这个女孩子可不是个随随便便的小姑娘，在她的血管里一定有着什么非同一般的东西。不过凡是被主人诱骗失身的女孩子大概都是如此。总之，她爱我爱得发狂，她总有说不尽的甜言蜜语，而且非常温柔体贴，说到底，爱到这一地步不能不叫我冷静地想一想了。我心里想："这种情况不能再继续下去，不然我要上当了。"话说回来，要迷住我这样的人也不是一件容易的事，我可不是那种被人吻上几下就头脑发昏的人。总之，我清醒得很。但就在这个时候，她告诉我她怀孕了。"噼啪!"好像有人对准我的胸口开了两枪似的。而她呢，她拼命地吻我，不停地笑着，高兴得手舞足蹈，像发疯一样。当天我什么也没有说，但到了夜里我冷静地思考起来，我想："这下子糟了！不过事已至此，只有躲过这一关，一定要抓紧时间，和她一刀两断。"

你们也都知道，我的父母就住在巴尔纳维尔，而我那嫁给伊斯帕尔侯爵的姐姐就住在罗勒贝克，距维耶邦只有两法里，这可不是开玩笑的。不过我怎样才能摆脱这桩麻烦事呢？要是让她离开我的家，别人就会生疑，背后要说长道短，要是把她留在家里，那么很快就有好戏看了；然而就这样简简单单甩掉她也不行。

于是我去找我的舅舅，克勒特伊男爵，他是个阅历丰富的老家伙，这类事他见过不止一次，我向他求教。他不慌不忙地回答我道：“得让她结婚，我的孩子。”

我一下子跳起来：“让她结婚，舅舅，可跟谁结婚啊?”

他微微耸了耸肩膀：“你愿意让她和谁结婚就和谁结婚，这是你的事，不是我的事。一个人只要不是太蠢，总会找到人的。”

这句话足足使我考虑了一个星期，最后我对自己说：“我舅舅的这句话有道理。”

于是我挖空心思，到处寻找起来。一天晚上，我和治安法官一起吃饭，饭后他对我说道：“波梅尔大妈的儿子又干了一件荒唐事。这个小子将来大概不会有好结果，真是有什么样的母亲就有什么样的儿子。”

要知道波梅尔大妈是个狡猾的老婆子，年轻的时候有点不够正派。为了一个埃居，她完全可以出卖她的灵魂，甚至还可以搭上她那坏蛋儿子。

我去找了她，缓缓地把事情透露给她。我讲的时候，有些话不大好明说，谁知她单刀直入地问我：“您准备给这个小姑娘多少钱?”

这个老婆子真是狡猾透顶。不过我也不蠢，我已经成竹在胸。

在萨瑟维尔附近，我正好有三小块比较偏僻的田地，共计六英亩，它们本来属于我的维耶邦的三个农庄的。以往，庄户们老是抱怨路途太远，这次我就干脆把它们收回来。不过我的那些庄户又叫起屈来，于是我又答应将他们应该交纳的所有家禽租子推迟到租约期满时再交，这样一来事情就过去了。我又从我的邻居德·奥蒙泰先生手里买下一小块山坡地，叫人在上面盖了一座茅屋，总共花了一千五百法郎。用这种方法我就创立了一份小小的产业，用来送给这个小姑娘作为嫁资，这对我来说破费并不大。

可是这个老太婆大叫大嚷，竟说这点嫁资不够。但我也坚持不让步，我们就这样不欢而散。第二天天一亮，那个小伙子就来找我了。我已记不起他的面孔，但一看到他我就放下心来，在乡下人中他算长得不错的了，不过一眼看上去就知道他不是个良善之辈。他故意转弯抹角从远处谈起，就像是来买一头母牛似的。等到我们达成协议之后，他提出要看看产业，于是我们就从田野中间穿过去。这个无赖让我在田地里足足待了三个钟头。他又是用步子，又是用尺，量来量去，还从田里拣起几个土块放在手心里捏碎，就如同买东西怕上当受骗似的。那座茅屋还没有盖顶，他坚持一定要用青石板而不要茅草，因为石板不需要保养。

后来他又对我说：“还有家具呢？也应该由您出啊。”

我断然拒绝：“不行，给您一座农庄，这已经够多的了。”

他冷笑着说：“不错，一座农庄还搭上一个孩子。”

我的脸不由得红起来。他又说道：“算了，您就给一张床、一张桌子、一只大衣柜、三张椅子，外加一套餐具吧，不然就算了。”

我只好应允下来。

我们往回走了。之前，他对那个女孩子一直只字不提，但就在我们回去的路上，他突然带着一副阴险的神情和有点为难的样子问道：“要是她死了，这份产业归谁呢？”

我答道：“自然归您。”

很明显，这是自清晨以来他一直想知道的事情。听完我的回答，他顿时显出很满意的样子，向我伸出手来，就这样，我们达成了协议。

唉！接下来在说服萝丝这方面又费了我很大力气。当她得知我的决定之后，她跪在我的脚下呜呜咽咽地哭个不停，嘴里翻来覆去地说：“您竟要我这么做，您竟这样！您竟这样！”前后一个多星期，尽管我再三说明我的道理，甚至央求她，她就是不答应。女人们就是这样难以理喻，她们头脑里一旦有了爱情，其他什么都不明白了。什么道理都说服不了她们，爱情高于一切，她们的一切都是为了爱情。

最后我发火了，威胁要把她撵出去，她这才逐渐让步，条件是要我答应让她时常来看我。

我亲自陪她去教堂举行了婚礼，付了仪式的费用，还请所有参加婚礼的人吃了饭。总之，我把事情办得像模像样，随后，我到都兰我的哥哥家住了半年。

后来，我回来了，刚到家里，就听说她每个星期都到城堡里来找我。我到家还不到一个小时，就看到她抱着一个小男孩向我走来。你们信不信？我看到这个小家伙心里倒真有点感动，我好像还吻了他一下。

至于这个做母亲的，半年的光景，她竟然变得又老又瘦，简直不成人形了，只剩下一副骨头架子，像个幽灵似的。糟透了，简直糟透了，这桩婚事显然不合她的心意！我顺口问了一句："你幸福吗？"

一听这话，她顿时泪如泉涌，哭得呜呜咽咽，还不停地打嗝。她叫着说："我不能，现在我再也不能离开您了，我宁可死也不要离开您！"

她叫得声嘶力竭，我百般宽慰她，把她送到栅栏门口。

后来我了解到她的丈夫经常打她，而她的那个婆婆，那个凶恶的老太婆也总是为难她，让她的日子过不下去。

两天以后，她又来了。她抱住我，接着跪倒在地，哀求我说："您杀了我吧，我再也不愿回到那个家里了！"

如果米尔扎能说话，我想它说出来的话一定和她的这句话一模一样。

这一连串不愉快的事叫我厌烦起来，于是我又溜开半年。等到我再回来时……等到我再回来时，我听说她已在三个星期前死去了，在她死前的每个礼拜日，还都到城堡里来看我……从头到尾她都和米尔扎一个样。一个星期后那个孩子也死去了。

至于她的丈夫，那个狡猾的家伙，他继承了原本属于萝丝的财产。听说他后来混得不错，现在还当上了市政议员。

说完这段故事，德·瓦尔纳托先生还笑着补充了一句：“不管怎么说，是我让他时来运转的，这个家伙！”

兽医塞儒尔先生听完这个故事，则把一杯烧酒举到嘴边，一本正经地下结论说：“不管你们怎么看，这样的女人实在要不得！”

保护人

他从来不曾想到自己有这样的好运气!!!

让·马兰，是外省的一个法庭执达员的儿子，他像许许多多的人一样，来到拉丁区学习法律。在他经常涉足的各个不同的啤酒店里，他结交了不少口若悬河的大学生，很多时候，这些大学生喜欢一边喝着啤酒，一边抨击政治。为此，他由衷地敬佩他们，专门跟在他们屁股后面，从这个咖啡馆到那个咖啡馆，在他口袋里有钱的时候，还常常替他们付账。

后来他自己成为了一名律师，辩护过一些案子，不过总是以败诉告终。在某一天的早上，他在报纸上得知一个过去的同学，新近当选了众议院议员。于是，他重新成了他的这个老伙伴的忠实走狗，成为他的一个跑跑腿，做做杂务，用着的时候一呼就到，丝毫不用拘束的朋友。

令人意想不到的是，在议会发生的一次意外风潮中，这位议员又摇身一变，当上了部长。半年后，让·马兰也被任命为行政法院的推事。

刚开始的时候，他有些得意忘形。他好像特别希望旁边的人一见到他就能猜出他的地位似的，所以，为了显示自己的地位他常常在街道上闲游。有时候他到铺子里去买些东西，到报亭去买一张报纸或者到街上去叫一辆另雇的马车，即使谈到各种毫无意义的事情，他也想各种办法告诉他们他是行政法院的推事。

后来自然而然的，好像由于他的地位，由于职业上的必然，由于一个既有权有势又慷慨大度的人的责任感，他产生了一种迫切想去保护人的欲望。他怀着永不枯竭的慷慨心理，不分场合，不分对象，随时随地对任何人都提供保护。

当他在林荫道上遇到一个熟悉的面孔时，他就带着惊喜的神色迎上前去，抓住对方的手，先是问候对方，接着不等对方提问就自我介绍：“您知道吧，我现在是行政法院的推事了，我随时可以为您效劳。要是您有什么用得着我的地方，请不要客气，尽管吩咐好了。我现在的这个位置还是有点办法的。”

接下来，他就会和他遇到的这个所谓的朋友一起走进某个咖啡馆，要来笔、墨水和信纸，并且说明：“一张就够了，伙计，我要写一封介绍信。”

他每天都要写上很多封介绍信，十封、二十封、五十封。他在美洲人咖啡馆写，在比尼翁饭店写，在托尔托尼饭店、金屋酒家、富豪咖啡馆、埃尔代饭店、英国咖啡馆、那不勒斯酒家……到处都写。他写给共和国的所有官吏，上至部长，下到治安法官。他为此感到幸福，感到心满意足。

一天早晨，他从家里出来准备到行政法院去，这时，突然下起雨来。他想叫一辆出租马车，后来迟疑了一下，没有叫，还是走着去了。

雨下得越来越大，淹没了人行道，马路上一片汪洋。马兰先生不得不在一个门口躲一躲雨。那个门口已经有一个年老的教士，一个白发苍苍的出家人站在那里。在当上行政法院推事以前，马兰先生很厌恶教会里的人，但自从一位枢机主教为了一件棘手的案件谦恭有礼地向他求教以后，他开始对教士也尊重起来了。

倾盆大雨铺天盖地地下着，这两个躲雨的人被迫逃到门房里，免得衣服被泥水溅脏。马兰先生心里痒痒的，时时刻刻总想说上几句显示自己身份地位的话，于是他说道：“天气真是糟透了，神甫先生。”

老神甫躬了躬身，说道：“是啊，先生，对一个只到巴黎来待上几天的人就格外讨厌了。”

“噢！原来您是外省来的？”

“是啊，先生，我只是路过这里。”

“真的是这样，在首都只待上几天偏偏遇上下雨，确实讨厌极了。像我们这些当政府官员的成年累月地待在这儿，下雨不下雨就无所谓了。”

神甫没有搭理他的话，看到街心雨下得已经没有刚才那么急了，他好像突然作出了一个决定似的，像女人跨越水沟要撩起连衣裙一样，撩起了他的修士服。

马兰先生看出来他是要走了，急忙叫道：“您这样要淋坏的，神甫先生，再等一会儿雨就要停了。”

老头子也有些犹豫不决，听了他的话就停下来，但过了一会又准备走，嘴里念着：“我很忙，我有一个要紧的约会。”

马兰先生似乎很不放心：“但您一定会被淋得湿透了的啊。敢问您是到哪个区去的？”

神甫好像有点犹豫，随后答道：“我去王宫那个方向。”

“我正好跟您同一个方向，我到行政法院去，我是行政法院的推事。要是您同意的话，神甫先生，我们可以合用我的这把雨伞。”

老神甫抬起头来看了一下这位身旁的人，然后说道：“非常感谢您，先生，我很高兴接受您的好意。”

于是，马兰先生挽起他的胳膊，搀着他走了。马兰先生领着神甫，一边走一边照顾他，还不断招呼着说：“当心这条水沟，神甫先生。特别要注意这些马车的车轮子，有时候它会把您从头到脚溅一身泥浆。尤其要提防过路人的雨伞。对眼睛来说，最危险的莫过于伞骨的尖头了。特别是这些女人，简直叫人不能容忍，她们不管三七二十一，手中的遮阳伞、雨伞的尖子总是对着您的脸上戳。她们从来不让人，就好像这座城市是专门属于她们似的。她们在人行道上、大街中央里，到处大摇大摆，横冲直撞。依我看，这是她们太缺少教养的缘故。”马兰先生说到这里笑了起来。

神甫没有搭腔。他微弓着背，一面走一面小心选择落脚点，免得鞋子和修士服溅上泥浆。

马兰先生又说道：“您到巴黎来大概是消遣消遣的吧?”

老头子回答道：“不是的。我是为一桩事情来的。”

“噢！是一桩很要紧的事情吗？敢问是哪一方面的事情？假如有用得着我的地方，我十分乐意为您效劳。”

神甫听了，显出一副很为难的样子，之后吞吞吐吐地轻声说道：“哦！是一桩无关紧要的私事，我跟……我跟我的主教发生一点小小的争执，这样的事情您不会感兴趣的。这是一件……一件内部纠纷……属于……属于……教会方面的事情。”

马兰先生热心肠的毛病又犯了，他说：“这类事情正好归行政法院管辖。在这种情况下，请让我为您效劳好了。”

“不错，先生，我也正是到行政法院去的。您的为人真是太好了。我要去见勒尔佩尔先生和萨冯先生，说不定还要见一见珀蒂帕先生。”

马兰先生索性站住了，他说：“这几个人都是我的朋友，神甫先生，他们都是我最要好的朋友，了不起的同事，都是一些讨人喜欢的人。我来为您拜托他们好了，这三个人我一定都恳切地拜托一下。这件事包在我身上了。”

神甫连声道谢，很过意不去，絮絮叨叨地说了许多表示感谢的话。

无疑，这些感谢的话使得马兰先生心花怒放。

“哎呀！您简直可以夸口交上千载难逢的好运了，神甫先生。您看着好了，您看着好了，有了我，您的事情就会一帆风顺的。”

他们来到行政法院。马兰先生把神甫请到楼上他的办公室里，端来一张椅子放在火炉前请他坐下，然后自己也在桌旁坐下来，他开始写信了：“亲爱的同事：请允许我万分恳切地向您介绍一位品德极其高尚、备受称颂、令人敬仰的教士……”

他停笔问道“请问您的尊姓大名?”

“我叫桑蒂尔。”

马兰先生又接着写下去:“桑蒂尔神甫先生。他有一件小事，需要得到您的热心帮助，兹特让其前来面陈一切。”

“我很高兴有此机会，得以向我亲爱的同事……”

接下去他写了几句通常用的客套话作为结束语。

如此，他一口气写完三封信，然后交给这位在他眼里需要被他保护的人。神甫接过信，千恩万谢后便走了。

如往常一样，马兰先生处理完公务，回到家里。这一天他过得平平静静，夜里也睡得心定神安;第二天醒来时他精神焕发，叫仆人把报纸拿来。

他打开来的第一份报纸是一份激进派的，首先映入眼帘的标题是:

“我们的教士和我们的官吏”

他读下去：

“教士们干下的坏事真是数不胜数。有一个名叫桑蒂尔的教士，被证实犯有阴谋推翻现政府的罪行，并被揭发干了许多笔墨难以形容的卑鄙勾当。此外，该人还被怀疑是一个伪装成普通神甫的老耶稣会士。由于一些据说现在尚不便公开的原因，他已被主教解除职务，并被相关部门召到巴黎来对他的行为做出解释。谁知他竟找到一个名叫马兰的行政法院推事做他的热心保护人。这位推事先生竟公然为这个披着宗教外衣的犯罪分子写了几封措辞异常恳切的信，还将这个不法分子介绍给他的几个担任共和国官吏的同事。

我们提请部长注意这位行政法院推事的卑劣行为……”

看完这篇报道，马兰先生一下子跳起来，赶紧穿好衣服，跑到他的同事珀蒂帕家里。

珀蒂帕对他说：“啊，您到底是怎么搞的？居然把这个老阴谋家介绍给我，您简直是疯了！”

马兰先生此刻已经慌得六神无主，他结结巴巴地说：“不，……您看……我也是被他骗了……他这个人看上去这么老实……他耍弄了我……他用卑鄙无耻的伪装耍弄了我。

我请您，请您严厉惩办他，越严厉越好。我要写信，请告诉我要惩办他需要给谁写信。我去找总检察长和巴黎总主教。对，我去找总主教……”

他说着就这么突然坐下来，就在珀蒂帕先生书桌前写起信来：“总主教大人：我荣幸地向阁下报告，我最近受到一个名叫桑蒂尔神甫的阴谋和谎言的陷害，他滥用了我对他的诚实和善意。

“我被这个教士的巧言令色所蒙蔽，竟至于……”

写完后他签了名，把信封好后，他转过头来对他的同事说：“您看，亲爱的朋友，这对您也是一个警示，千万不要当别人的保护人了。”

项链

她属于这类女子：她长得面目姣好，风韵迷人，却由于造化的作弄，偏偏错生在一个小职员的家庭里。所以，她既无陪嫁的财物，又无可以指望的遗产，更没有任何办法能让一个既富有又高贵的男人来认识、了解、喜爱她，并娶她为妻，以致最终她不得不听人摆布，嫁给了教育部的一个小科员。

她没有条件打扮自己，只好衣着简朴。但她心里总觉得自己像一个被降低了身份地位的人一样，为此，她感到委屈不平。因为女人本来就没有什么阶层和种族，她们的美丽、她们的风度、她们的魅力就是她们的出身和门第。而单凭她们天生的聪慧、她们自然的优雅和她们机智的头脑，就足以使这些平民百姓家的姑娘和最高贵的妇人平起平坐。

所以，她觉得自己生来就是应该享受各种考究、豪华的生活的，只是现实生活却总是让她感到满腹委屈。诸如简陋的住室、寒碜的墙壁、破损的椅凳、难看的衣衫，等等，都使她痛苦不已。所有这一切，换了与她同一阶层的另一个妇女，可能连想都不会去想，而她却耿耿于怀，愤激难平。每当她看到那个布列塔尼小女佣在帮她料理她那些微不足道的家务时，总会勾起她的伤心和恼恨，并使她想入非非。她梦想着那种四壁蒙着古色古香的丝绸的大客厅，梦想着那些上面陈放着珍奇摆设的精致的家具；还有那种经过精心布置的、香气沁人的小客厅，这样的小客厅是专门用来作下午茶消遣的，每天下午的五点钟和最亲密的朋友坐下来谈心小聚。当然，出现在聚会中的男子自然是那些被所有女人爱慕、渴望得到垂青、无论走到哪里都受欢迎的知名人士。

然而事实上，每天，她都必须坐在那张铺着一块三天没洗的桌布的圆桌前用晚餐，坐在她对面的丈夫每每揭开大汤碗，总会用一种喜不自胜的语气大声说着：“哎呀，多好吃的牛肉蔬菜浓汤啊！我不知道还有什么比这个更好的了……”

每当这时，她就会想起那些精美的晚餐，那些闪闪发光的银餐具，那些挂在四面墙上的壁毯——壁毯上绣着古代人物，还有一座仙境般的森林，树上栖息着各种珍禽异鸟；她想着那些盛在高贵器皿里的美味佳肴，想着她一面吃着一块粉红色的鳟鱼肉或者松鸡翅膀，一面带着神秘莫测的微笑倾听着席间男友向她献媚的娓娓情话。

她没有什么漂亮的衣装，也没有什么珠宝首饰，总之，什么都没有。而她偏偏就喜爱这些。她觉得自己生来就是为了享用这些东西的。她多么希望自己被人喜爱，被人艳羡，魅力四射，到处被人钦慕着！她有一个女朋友，特别有钱，是过去在修道院办的女寄宿学校的同学。不过现在她却不愿再去看她了，因为每次在看望过女朋友之后，她总会感到极大的痛苦，既伤心又懊恼，既悲哀又绝望，甚至要一连难过上好几天。

一天晚上，她的丈夫下班回来，手里拿着一个大信封，脸上显出得意扬扬的样子。

“瞧，”他说，“我给你带来了什么东西。”

她急忙撕开信封，从里面抽出一张印好的请柬，请柬上面的内容是：

教育部长乔治·朗蓬诺偕夫人敬请

卢瓦泽尔先生和夫人光临一月十八日

（星期一）在本部大厦举行的晚会

她并没有如她丈夫预期的那样欣喜若狂，相反，她气汹汹地把请柬往桌上一丢，嘴里咕哝着说："你把这个给我干什么?"

"啊，亲爱的，我原以为你会高兴的。你从来没有参加过这种晚会，这可是一次机会，而且是一次大好的机会！我费了好大的劲才弄到这张请柬的。大家都想要去参加呢，这可是非常难得的，而且给小职员的本来就少。何况，你在晚会上可以见到所有官场上的人物哩。"

她强忍着听丈夫把话说完，然后怒气冲冲地看着他，终于不耐烦地大声说道："你叫我穿什么衣服到这种场合去?"

丈夫显然没有想到这一点，只得结结巴巴地说："你去戏院穿的那套衣服呢？依我看，那一套就不错嘛……"

他突然停住了，没有继续说下去，而是惊慌失措地呆在那里，因为他看见妻子哭了。两颗豆大的泪珠正从她的眼角慢慢地流向嘴边。他嗫嚅地说道：“你怎么啦？你怎么啦？”

她用了很大的力气才忍住伤心，一面擦拭着被泪水沾湿的双颊，一面用平静的声音回答说：“没有什么，只不过因为我没有合适的衣服，所以不能参加这种晚会。你把请柬送给一个妻子穿得比我体面的同事去吧。”

丈夫听了心里很不是滋味，他说道：“这样吧，玛蒂尔德，一套除了晚会别的场合也能穿的、简单得体的衣服，最起码要多少钱？”

她想了几分钟，快速地在心里算了一下账，又考虑提出的数目不要让这个节省惯了的小科员惊得叫起来，免得当场遭到拒绝。终于她迟疑不决地回答说：“我也不知道准确的数目，不过我想有四百法郎大概总可以了。”

丈夫听了，脸色有点发白，因为他正好为自己积攒了这笔钱数，原本是准备给自己买一支猎枪用的。他想体验一下打猎的感觉，等到夏天的某个星期日，可以同几个朋友一起到南泰尔原野上去打云雀。

不过他还是答应了："好吧，我就给你四百法郎，尽量想办法去做一件最漂亮的衣服吧。"

晚会日期临近了，卢瓦泽尔太太的衣服已经准备好，但她看上去还是有点伤心的样子，整天闷闷不乐，愁容满面。

一天晚上，她的丈夫问她："你怎么啦？这两三天来，你好像心事重重的。"

她答道："你看我身上什么戴的、挂的都没有，既没有一粒珠宝，也没有一件首饰，叫我怎么去参加晚会？我觉得还是不去的好。"

丈夫说："你可以戴几朵花嘛。在这个季节里，戴上几朵鲜花是很别致的。只要花上十个法郎，就可以买到两三朵漂亮的玫瑰花了。"

她当然是一点也听不进去，不悦地念着："不行……我可不要在这些有钱的女人中间显出寒酸相，没有比这更丢脸的了。"

她的丈夫突然叫起来："你真傻！去你的朋友福雷斯蒂埃太太那里借几件首饰嘛，凭你和她的关系，完全可以向她开口的。”

她也高兴得叫起来，惊呼说：“真的，我怎么一点没有想到！”

第二天她就去了她的朋友家里，向她讲述自己的苦恼。

福雷斯蒂埃太太走向她带穿衣镜的衣橱，拣了一只大首饰匣子，拿出来打开，向卢瓦泽尔太太说：“亲爱的，你随便挑吧。”

她首先看到几只手镯，接着又看到一串珍珠项链，随后又看到一个镶嵌宝石的金十字架，做工极其精细，是威尼斯的产品。她对着镜子将这些首饰戴在身上试来试去，犹豫不决，不知到底选哪一件好，简直舍不得拿下来还给主人，嘴里还不停地问道：“你还有别的吗？”

“有啊，你自己找嘛，我不知道你喜欢哪一种。”

突然，她在一只黑缎子的小盒子里发现一串富丽堂皇、光彩夺目的钻石项链。她一眼就看中，喜欢得无以复加，她的小心脏都怦怦地跳起来，连拿着项链的手也发抖了。她把项链扣到颈子上，露在连衣裙的领口处，对着镜子心醉神迷地看来看去，她觉得自己迷人极了。

随后，她忐忑不安，迟迟疑疑地向朋友问道："你能把这件借给我吗？我只要这一件。"

"那还用问，当然可以。"

她高兴地跳起来，搂着她朋友的脖子狂热地亲了她一下，然后拿着她的宝贝飞快地跑了。

晚会的日子到了，卢瓦泽尔太太一举获得成功。她的美貌压倒了所有在场的女人。她丰姿绰约，仪态娴雅，脸上始终带着迷人的微笑，她快乐得简直要发疯了。所有男人的眼睛都盯着她，他们打听她的名字，想方设法和她结识。部长办公室的每个随员都希望跟她一起跳舞，连部长也注意起她来了。

她兴奋、发狂地跳着，快乐得飘飘然，什么都不想。她的美丽给她带来如此的瞩目，她的成功是如此辉煌；所有男人都对她表示敬意，对她发出赞美，向她表露出欲望；她已获得女人心目中那种最甜蜜、最完美无缺的胜利。所有这一切构成一片幸福的云彩，她已完全陶醉在这片云彩中间了。

她一直狂欢到清晨四点钟，才打算动身回家。她的丈夫从半夜起就在一间僻静的小客厅里睡着了，同他在一起的还有另外三位先生，他们的太太也都在尽情地狂欢。他把带来的准备散场出来御寒的衣服给她披在肩上，这是平常日子里她常穿的简朴的衣装，它那寒酸的样子和漂亮的舞会服装相比，明显的不协调。她顿时感觉到十分难堪，她想快点跑开，以便不让那些裹在裘皮大衣里的阔太太看出她的穷酸来。

卢瓦泽尔当然不明白他太太此刻的想法，他拉住她说："等一下，到外面你会着凉的。我去叫一辆马车来。"

她根本不听，急急忙忙地冲下楼梯。等他们走到街上，却看不到马车，于是只好张望着寻找，只要看到远处有一辆车子经过他们就高声叫喊。

就这样，他们朝着塞纳河走下去，垂头丧气，浑身冻得发抖。最后总算在沿河马路上找到一辆专门做夜间生意的老旧马车。这种马车在巴黎只有在夜幕降临后才能见到，仿佛由于它们白天自惭形秽，只有到夜晚才敢出来游荡似的。

马车一直将他们送到殉道者街的家门口。他们闷闷不乐地爬上楼回到家里。对她来说，一切都已结束；而他，满脑子只是想着十点钟必须赶到部里去上班。

她似乎还沉浸在兴奋之中，她把披在肩上御寒的衣服脱掉，站在镜子前，想再看一次荣光中的自己。但她突然惊叫一声：原来，她发现自己脖子上的项链不见了。

她的丈夫已经脱掉一半衣服，听了她的惊叫声不禁问她："你怎么啦？"

她转身看向他，慌乱地说："我……我……我把福雷斯蒂埃太太的项链丢了。"

他霍地站起来，大惊失色地说："什么！……怎么！……这不可能！"

他们在连衣裙的褶裥里找，在外套的褶裥里找，找了褶裥又找口袋，到处找遍了，哪儿都没有。

他问她："你能肯定在离开舞会时还戴着吗？"

"肯定。经过部里大楼前厅时我还摸过它呢。"

"不过要是掉在街上，我们总应该听到落地的声音的。想必掉在马车里了。"

"嗯，这很可能。你记下马车的车号没有？"

“没有。你呢？你没有留意过车号吗？”

“没有。”

他们面面相觑，简直吓呆了。后来卢瓦泽尔重新穿上衣服，说道：“我到我们刚才步行的那段路上去重新走一遍，看看能不能找到。”

说完他就出去了。她连脱衣上床睡觉的力气也没有了，身上还穿着晚会的服装，瘫倒在一张椅子上，她已经顾不得去生火，脑子里空空洞洞。

七点钟的光景，她的丈夫回来了，两手空空，什么也没有发现。

随后他又去了警察局，并到各家报社去悬赏寻找，还去了马车行，总之，只要有一线希望的地方他都去了。

整整一天，她就在这飞来的横祸中心惊肉跳地等待着。

傍晚，卢瓦泽尔回来了。他面色苍白，两颊都凹陷下去了；还是什么线索也没有。“只好写一封信给你的朋友了。”他说，“就说你把她的项链襻扣弄断了，需要送去修理。这样，我们就有一些喘息的时间来考虑怎么办了。”

在丈夫的口授下，她把信写完寄出去了。一个星期过去了，他们已经完全绝望了。这期间，卢瓦泽尔好像一下子老了五岁。他说：“看来只好买一条赔她了。”

第二天，他们拿着那个装项链的首饰匣子，根据上面的店名，找到那家珠宝店。店主人查阅了账簿，说道：“夫人，这条项链不是我们这里卖出去的，可能买主只在我们这里买了这只匣子。”

于是他们从一家珠宝店跑到另一家珠宝店，凭着记忆，他们尝试着寻找一条与原来相同的项链。两个人又愁又急，几乎要病倒了。终于，他们在王宫附近的一家珠宝店里找到一条钻石穿的项链，看上去与他们要找的一模一样。这串项链标价四万法郎。店主同意以三万六千法郎卖给他们。他们请求珠宝商三天之内不要卖出，并且谈好条件，如果他们在二月底以前找到原来那串项链，店主将以三万四千法郎的价格回收这串项链。卢瓦泽尔存有父亲遗留给他的一万八千法郎，其余部分只好去借了。

于是，他开始借起债来：向这个借一千法郎，向那个借五百法郎；从这里借五个路易，从那里借三个路易。他开出不少借条，承诺了许多足以使人破产的条件。他和高利贷者以及各式各样的放款人打交道，不管将来有没有能力归还，他冒着后半辈子生活要受到损害的危险，在借据上签字画押。其实他的内心是充满恐惧的，他害怕未来受煎熬的日子，害怕即将压倒在身上的极端贫困，更害怕那种精神和肉体双重折磨的将来。他就是带着这种心情把三万六千法郎放到珠宝店的柜台上，取来那条新的项链。

卢瓦泽尔太太把项链送回去时，福雷斯蒂埃太太脸上带着很不悦的样子说：“你该早一点还我的，我可能要用的啊。”

福雷斯蒂埃太太并没有打开首饰匣，这正是卢瓦泽尔太太希望的。因为她担心福雷斯蒂埃太太发现项链不是原来的，那样一来，她会怎样想呢？她又会说什么呢？她会不会把她当成贼呢？

之后，卢瓦泽尔太太过上了可怕的贫困生活。不过她早已英勇地下定决心，非还清这笔巨大的债务不可，她相信自己会还清的。他们辞退了女佣，搬了家，租了一间屋顶下面的小阁楼居住。

家里的粗活儿、厨房里的肮脏活儿都由她自己干。她的粉红色的指甲在洗刷餐具中，不断和油腻的陶瓷碗盆以及铁锅锅底擦碰，已经磨损得不像样子了。她清洗脏了的被褥衣衫、餐桌抹布，洗好后再挂在一根绳子上晾干。每天早晨，她把垃圾送到楼下的街边去，再把所需要的水提到楼上，每上一层楼她都不得不停下来喘口气。

她的穿着已和平民妇女一模一样。她手臂上挎着篮子，去肉铺，去蔬菜水果店和食品杂货店买东西。为了看牢她那一点点少得可怜的钱，她和店主讨价还价，每一个苏都斤斤计较，有时甚至要遭到辱骂。他们每个月都得偿还几笔债款，同时还要续借几笔，以延缓一些还债的时间。她的丈夫利用晚上的时间给一个商人誊写账目，常常深更半夜还在替人抄写，因为每抄一页便可以得到五个苏的报酬。

这样的生活，他们整整过了十年。

十年以后，他们还清了所有债务，包括高利贷的利息和利上滚利的利息全部还清了。这时，卢瓦泽尔太太看上去已经很老了。她已变成一个活脱脱的穷苦人家的妇女，一个粗壮、坚强、泼辣的女人。她的头发梳得马马虎虎，裙子也不注意系正，两只手通红；她用大嗓门说话，用大量的水冲洗地板。不过有那么几次，当她的丈夫在办公室上班的时候，她坐在窗口，偶尔也会想起当年的那次晚会，想到那次舞会上她是那么漂亮，那么受人欢迎。

要是她没有丢失那条项链，后来会怎样呢？谁知道呢？生活就是这么古怪，这么变幻莫测！一件小事可以使你平步青云，也可以断送你的一生。

一个星期天，为了消除一周下来的劳累，她决定到香榭丽舍大街去兜个圈子放松一下。那天，她看见一个女人带着孩子在散步，突然，她发现，那个女人正是福雷斯蒂埃太太。她还是那么年轻，还是那么漂亮，还是那么迷人。卢瓦泽尔太太的内心非常激动，要不要去和她谈谈呢？去，当然要去。既然她现在已经把债务还清了，她要把一切都告诉她，为什么不告诉她呢？

这么一想，她走上前去。

“你好，让娜。”

很显然，对方一点也认不出她来，这个平民人家的妇人用这么亲昵的称呼叫她，使她怔住了。她结结巴巴地说：“不过……太太！……我不知道……您大概认错人了吧？”

“不，没有认错人。我是玛蒂尔德·卢瓦泽尔啊！”

她的朋友惊叫起来：“哎呀！……我可怜的玛蒂尔德，你的变化太大了啊！……”

“是的，自从上次和你见面之后，我的日子过得很艰难，经历了无数困苦……说起来这都与你有关系！……”

“都和我有关系……怎么回事？”

“你一定记得那次我为了参加部里的晚会，向你借的那条钻石项链吧。”

“记得。可是，那又怎么了？”

“怎么了，我把它丢了。”

“什么！你不是已经还我了吗？”

“我还给你的是另外一条，和你的那条一模一样。十年来我们一直在偿还这笔钱。你知道，对一无所有的我们来说，这不是一件小事。好了，现在总算还清了，了结了。如今，我有种说不出来的高兴。”

福雷斯蒂埃太太听完怔住了。

“你是说你买了一条钻石项链代替我的那条还给我了？”

“是啊。你没有发现吧？它们像极了。”

说完她快乐地笑了，那是一种天真而自豪的欢笑。

福雷斯蒂埃太太激动万分，她抓住她朋友的两只手不无伤感地说："哎呀！我可怜的玛蒂尔德！……我的那条是假的啊，它顶多值五百法郎！……"

月色

对于“马里尼昂”这个战斗的名字，马里尼昂神甫完全是当得起的。他是一个身材高大略显瘦削的教士，思想里的狂热信仰，让他的心灵始终处在一种兴奋激动之中，不过他为人很正直。对于自己信仰的一切，他从来都是坚定不移的，没有丝毫的动摇。他真心实意地认为自己了解天主，并且能深刻体会天主的意愿和目的。

他每每在他那乡间住宅的小路上散步时，心里时常会冒出一个问题来：“为什么天主要这么做呢？”

为了这一问题，他固执地寻找原因，并让自己设身处地地站在天主的位置上去思索，令他欣慰的是，几乎每次他都能找到答案。他和有些人不同，遇到不能理解的问题时，出于虔诚和谦卑，总是激动地喃喃自语："主啊，您的意图全是不可揣度的！"而他却会想："我是天主的仆人，我有责任去了解他一举一动的原因，如果我不了解，那么我猜也要把它猜出来。"

他总是体察着大自然中的一切现象，在他看来这一切都是按照一种绝对完美、妙不可言的逻辑创造出来的。"为什么"和"因为"始终是成双成对地出现，并保持平衡。曙光是为了使人醒来感到欢乐创造的，白昼是为了促使庄稼成熟创造的，雨水是为了滋润万物创造的，傍晚是为了让人们准备入睡，黑夜则是为了让众生安眠。

四个季节的存在，完全是为了适应农业上的各种需要。在马里尼昂神甫的头脑里，从来没有产生过"大自然是没有意图的"这种想法。相反，他认为一切有生命的东西都必须服从季节、气候和物质的必然性，而这种必然性是坚不可摧的，是任何强大的力量都无法抗衡的。不过，他对女人很是憎恶，而这种憎恶是无意识的，出于本能的一种情绪。他经常重复基督的那句话："女人啊，在你和我之间到底有什么共同之处呢？"他还补充说，"可以这么说，天主本身对他创造的这个作品也感到不满意。”

在他看来，女人简直就是那位诗人所说的“十二倍不洁的孩子”；是引诱第一个男人的魔鬼，并且在一直不断地从事着这一应该罚入地狱的勾当；是脆弱的、危险的、神秘的、撩拨人的心智的生物。为此，他不仅憎恶她们那堕落的肉体，而且更憎恶她们多情的心灵。他常常能感觉到她们对他的柔情蜜意，尽管他知道自己对女人的防线是攻不破的，但对她们身上那种永远颤动着的如饥似渴的爱情的需要，仍旧是气愤不已。

他的看法是，天主创造女人的用意是为了引诱并考验男人。所以，男人和女人接触的时候，必须保持高度的警惕，要谨慎小心、严阵以待，并且要像面临陷阱一样战战兢兢。当女人们向一个男人伸出双臂，轻启嘴唇的时候，不就是个真真切切的陷阱吗？

只有在面对修女们时，他才会变得宽容一些，因为她们许下的虔诚的誓愿已经使她们不具有危险性了。不过，尽管如此，他对待她们仍旧很严厉，因为他始终觉得，在她们已经被禁锢的谦卑的内心深处，那种永恒存在的柔情依然存在，甚至于还向他表露出来，虽然他是个神甫。

他一直都觉得，在她们比男修士更加虔诚的湿润的目光里，在她们夹杂着性和欲望成分的恍惚朦胧的神态里，在她们对基督的近乎狂热的爱慕里，都存在着这种柔情。正是这种柔情使他愤怒，因为这毕竟是来自一个女人的爱慕，肉体的爱慕。他甚至能从她们驯顺的态度里，她们和他讲话时温柔的话语里，她们低垂温顺的眼帘里，她们受到他严厉责备时委屈的眼泪里，都感觉得出这种被他狠狠诅咒的柔情。

所以，每当他跨出女修道院的那一道道门槛时，他总要抖一抖身上的修士服，似乎他的衣服上沾染了什么不洁的东西，然后他迈着大步迅速离开，就好像在逃避什么危险似的。

他有一个外甥女，跟着她的母亲一起生活，就住在附近的一座小房子里，他用尽心思，想让她成为一个修女。

外甥女生得漂亮，不过她头脑简单，尤喜欢嘲笑人。神甫讲道时她嘻嘻地笑着；神甫向她发脾气，她就一把将他抱住然后狠狠地吻他，而他则不由自主地要挣脱，这种使他领略到甜蜜的快乐、并唤醒他心底沉睡的父爱的感情的拥抱，总会让他感到惧怕。可这种感情本来是每个男子都天生具有的。

每当他和外甥女并肩走在田野小道上的时候，他常常跟她谈论天主，他的天主，而她则总是心不在焉，很少能听进去；她常常一下子看看天，一下子看看青草，一下子看看鲜花，眼里流露出的，是那种生活很幸福的感觉。

有时候，她会扑上前去抓住一只飞虫，叫喊着拿回来给他看："瞧，舅舅，它多漂亮啊！我真想吻吻它。"外甥女这种想"吻一吻"飞虫或者想"吻一吻"丁香花骨朵的欲望，常常使得神甫担心、气恼，她的这种行为似乎很容易引起他的愤怒，因为他从外甥女的这一行为中，又发现了在女人心里总会滋生的那种无法根除的柔情。

之后的某一天，替马里尼昂神甫料理家务的圣器室管理人的妻子小心翼翼地告诉他，说他的外甥女有情人了。当时神甫正在刮脸，听到这个消息后他又气又急，满脸的肥皂泡沫都没有清洗便怔在那里，惊愕得连话都说不出来。

过了好久他才恢复过来，等到他能思考，能说话时，他大声叫起来："这不是真的，您一定是在说谎，梅拉妮!"

可是这个老实的乡下女人把手放在胸口上，信誓旦旦地说："神甫先生，如果我说谎，让天主惩罚我。我对您说吧，每天晚上，等到您的姐姐一休息，她马上就出去了。她和她的情人总在河边那里会面。您只要在晚上十点到十二点之间去看看，就什么都知道了。"

他听完后连下巴都不刮了，大踏步在房间里走了起来——通常情况下，他在严肃思考时就是这样的。当他想重新开始刮脸的时候，他竟然从鼻子到耳朵这小段距离中，接连划出了三道口子。整整一天，他一句话都不说，憋着满肚子的闷气和怒火。这里面既有他作为神甫，面对无法战胜的爱情所产生的激愤；也有他作为道义上的父亲、监护人、灵魂的导师，被一个孩子欺瞒、哄骗和耍弄所产生的狂怒，相当于父母在女儿既没有事先告知他们，也不管他们同意不同意的情况下，就宣布她已经选定了结婚对象时所产生的那种叫人窒息的气愤。

吃过晚饭，他试图看一点书，但实在是看不下去。他越想越气愤。十点钟一到，他就拿起他的手杖——那是一根又结实又坚硬的栎木棍，通常在夜间要出去看望病人时，他总拿着它。他微笑着端详了一番这根又大又粗的木棍，并用他那乡下人结实的腕力，气势汹汹地挥舞了几圈，之后，他突然高举木棍，咬牙切齿地对准某一处狠狠地打了下去。

推开门，他打算出去，但一片皎洁的月光使他惊呆住了。他不由自主地在门口停下来，他几乎还从来没有见过如此美好的月色。由于他有一颗狂热的灵魂——那些老派神甫和那些爱幻想的诗人想必也具有这样的灵魂，他被这如水般纯净而宁静的美打动了，顿时产生一种心荡神怡的感觉。

他的小花园里的一切，此刻都沉浸在柔和的月光里。一排排果树把它们才换上绿装的细长枝条的阴影投落在小径上；巨大的忍冬爬在他的住宅墙上吐出带着甜味的醉人的气息，使人觉得在这明净温暖的夜空里，好像有一个芳香的灵魂在飘荡着。他不禁深深地呼吸起来，就像酒徒贪恋酒精那样贪婪地吸着空气。他慢慢地走着，心中充满了一种难以言状的惊奇和喜悦，几乎把他外甥女的事都忘掉了。

一走到田野他就立刻停下来，尽情地欣赏这笼罩在温柔光辉里的整个平原。它被淹没在这宁静夜晚的软绵绵的情意中。田野里的癞蛤蟆一刻不停地发出短促而洪亮的鸣声；远处的夜莺用它连珠般的歌声把人们拖入梦幻，它那清越颤动的曲调似乎在挑逗着那些恋人，让他们去拥吻缠绵。

神甫开始走动了，也不知道什么原因，他的心软下来了。他觉得自己好像突然之间就衰弱了，几乎是筋疲力尽，此时，他只是一心想坐下来，待在那里，去欣赏并赞美天主创造出来的作品。那边，沿着波光粼粼的小河，有一排疏落交错一眼望不到边的杨树。一层白色轻薄的水汽，如烟似雾的悬浮在河岸两侧陡坡的上方和四周。月光穿过它，使它成为银白色，闪闪发光，好像把整个弯弯曲曲的河道包在一层轻薄透明的棉絮里。神甫又一次停了下来，他的心灵深处涌上来一种越来越强烈的无法抗拒的感动。

然而，在感动之余，一种说不清的疑惑，一种模模糊糊的不安又闯入他的心头。他觉得平时他向自己提出的那些问题又出现在了他的心里。天主这样做到底是为了什么呢？既然黑夜是用来让人睡觉，让人无知无觉，忘掉一切彻底休息的，为什么又使它比白昼更诱人，比黎明和黄昏更温柔呢？为什么这个缓缓移动的迷人的星球比太阳更富有诗意呢？——它好像专门是为了悄悄地照亮那些不适合在白昼阳光下出现的极其微妙、极其神秘的东西似的。那么，它把黑暗照得如此通明的原因何在呢？为什么这个最能歌善唱的鸟儿不像其他鸟儿一样去休息，偏偏要在这死寂的阴影里练声呢？还有这朦胧的薄纱，缘何要投入人间？为什么在黑夜中人的心旌会如此荡漾，灵魂如此不安，身体如此慵懒呢？既然人们已经躺在床上入眠，无法再看到什么，为什么还要显示这些诱人的东西呢？这种纯粹温柔的美景，这种从天上投向人间的大量诗情画意究竟是为谁而设的呢？

这一切的一切，神甫实在理解不了了。

但就在神甫陷入沉思的当口，那边草场边上，在被闪闪发光的薄雾笼罩的两行大树的拱顶下面，出现了两个人影，他们并排走着。

男的身材显然比女的高大，他搂着女孩的脖子，不时地亲吻她的额头。眼前这轻柔迷人的景色，包围着他们，好像是专门为他们设下的神奇美妙的背景；而他们的出现，也顿时使这一静止不动的景色有了生动的意味。他们两个人似乎成为一个人了。是的，这个安详宁静的夜晚正是为这样的人准备的。他们朝着神甫缓步走来，如同是天主针对他的疑问赐给他的一个答案——一个活生生的答案。

他就那么一直站在那里，心怦怦跳着，惊惶不安；他觉得眼前发生的事就是《圣经》上所记载的，就像路得和波阿斯相爱一样；天主的意志就在眼前，就在这本圣书中提到过的崇高的背景下实现了。《雅歌》中的那些诗句——那些热情的叫喊，那些肉体的呼唤——在他头脑里嗡嗡作响，他的心中也充满了那篇诗歌里的火辣辣的柔情和诗意。他想："说不定天主创造出这样一些夜晚就是为了将人类的爱情完美地遮盖起来的吧？"

他在这一对拥抱着一直向前走来的情侣面前后退了，

虽然那个女的是他的外甥女，但是他现在思考的是他是不是违背天主意志的问题。既然天主明显地用这种光辉夺目的景象去笼罩爱情，难道他会不同意爱情吗？

他逃走了，不仅心慌意乱，而且几乎感到羞愧，好像他闯进了一座他无权进入的殿堂。

烧伞记

——写给迦宓意·吴迪诺

倭雷依太太是个十分节俭的妇人。她很知道一个铜子儿的价值，为了积累这些零钱，她有着自己的一套严格原则。她的女佣人如果想从那些经手采买的食品上刮点儿油水，简直是不可能的事情；就连她的丈夫倭雷依先生想要在钱夹里留点儿零用钱，也需要费很大的劲。

说起来，他们家境算是很宽裕的，又没有儿女。不过倭雷依太太只要一看见那些白白的小银元，一个一个从她家里走出去，她就会感到一阵真切的痛苦。那种感觉简直就是往她心上插把刀似的，所以每当一笔略为可观的钱，因为某种原因必须花出去时，她总有那么一两夜无法入眠。

倭雷依经常劝慰他的妻子说：“既然那些进款我们永远花不完，你就应该大方一些。”

她回答：“将来会发生什么事情，谁也不知道。多留些钱总比少留些好。”

倭雷依太太四十来岁，是一个身材矮小的妇人，她爱活动，爱清洁，脸上有些许皱纹，常常生气。

因为被她的种种节约所约束，所以她的丈夫经常觉得不平，其中很多甚至使他感到痛苦，而且那些都是让他的自尊心深受伤害的。

倭雷依先生是陆军部的一个主任科员，通常到了部里他就不走开了，这样做完全是他妻子的命令，可以借此来增加家里的年收入，尽管那些金钱他们根本用不完。

虽然家庭富裕，但两年来倭雷依先生依旧提着那把打满了补丁的雨伞，这引来了同事们的屡屡嘲弄。终于有一次，他被他们的轻嘴薄舌惹恼了，只得强迫性地让他妻子给他买一柄新的。

妻子倒是很配合，给他买了一把新雨伞，不过只用了八个半金法郎，还是某家大百货商店做广告的货品。部里的同事们见了，自然都知道雨伞的来历，那是被扔在巴黎市内成千上万无人过问的雨伞中的一把，于是，新一轮的嘲弄又开始了。倭雷依先生也别无他法，只得忍着一肚子的闷气痛苦地熬着。更可气的是那柄伞简直毫不经用，三个月不到就成了废物，这在他的部里，简直成了大家的笑料。甚至有人还把这件事专门编成了一首歌，从早到晚，他所在的那座大厦的楼上到楼下，总能听见有人唱着。

倭雷依先生简直气极了，回家后便吩咐妻子去买一把价值二十金法郎的薄绸子的新伞，并且要她把发票带回来做证明。

可是到头来妻子照旧没有听他的话，只买回了一把十八个金法郎的雨伞。气得一脸通红的妻子把买来的新伞愤愤地交给丈夫，说道："你有了这把伞，至少五年不用换了。"

得到新伞的倭雷依先生委实得意的很，在办公室里也真正挽回了面子。

到了晚上，他回到家，妻子用一种不放心的眼光打量着雨伞向他说道："你怎么能把橡皮圈箍在上面，那是要勒断丝经的。你自己应该多留心照顾才是，我总不能没几天再买一把新的给你吧。”

她说完便拿着新伞把橡皮圈捋开，把伞衣摇散。这时，她的一双眼睛吃惊地愣住了。原来她在伞衣上发现了一个鹅眼大小的圆洞，那明显是一个被雪茄烟烧出来的焦痕！

她喃喃地念道：“这上面是什么？”

丈夫并没有回头看，慢悠悠地说：“哪里，什么东西？你说什么？”

这一刻，骤然升起的怒气塞住了她的嗓子，她简直说不出话了：“你……你……你烧焦了……你的……你的雨伞。你……你……你是傻掉了！你想把大家弄得倾家荡产！”

他自己也觉得自己面色有些发青了，转过身子向她问道：“你说什么？”

“我说你烧焦了你的雨伞，你看看吧！”

她以一副想要和他动手似的神态扑到他跟前，情绪激烈地把那个圆圆的小小的焦痕放在他的鼻子下面。

眼睛刚瞧见那个焦痕，他就呆住了，吞吞吐吐地说道：“这……这……这是什么？我不知道！我什么也没有做啊，我向你发誓。我真的不知道这把雨伞怎么会变成这个样子！”

她开始嚷起来了：“我猜着你在部里，一定拿着这把伞耍玩了，就像是变戏法的一样，你打开了给他们炫耀。”

他答道：“我向你发誓。我只撑开过一回，只是想让他们看看这把伞有多漂亮。就是这样。”

但是她气愤极了，根本不听丈夫的解释，跳起来向他狠狠地大闹了一场，使这个爱好和平的男子觉得家庭比枪林弹雨的战场还要可怕。

后来，他们停止了争吵。她先量了量大小，然后在旧雨伞上割了一块颜色不同的旧绸子补上去。第二天倭雷依委屈地拿着这把被修理过的雨具出门了。到了部里，他马上把雨伞搁在柜子里，心里把它当做可怕的回忆一样没怎么惦记。

奇怪的事情发生了，傍晚时他回到家里，妻子双手接住雨伞撑开来看时，雨伞上竟然穿了无数的小孔，分明就是被烧过的，好像是有人把烟斗里没有熄灭的烟灰倒在上面一样。妻子看到伞已损坏得不可收拾，气得嗓子都哽住了。雨伞就这样断送了，断送到不可救药的地步。她一言不发地检查着，一腔怒火让她说不成一句话。他也一样，检查着损坏的情况，完全不知道这究竟是怎么造成的。

两人互相瞧着伞，他低着眼睛不敢去看妻子，随后，妻子把那件破玩意猛地甩到他的脸上，怒不可遏的叫骂声终于冲出了她的喉咙，她高声喊道：“看吧！你这个短命鬼！短命鬼！你是故意这样做吧！看来真得让你看看我的厉害才是！你以后就别再想用这东西了……”

如此，一出闹剧，又重新开幕了。犹如暴风雨般的争吵上演了将近一个小时，终于，妻子发泄完了，到了他解释的时刻了。他发誓说他一点也不清楚，说这件事只能是有人恶意所为或者是报复。

倭雷依先生的话还没说完，门铃就响了。这声门铃就像一场及时雨般把他救了出来。原来来者是一个来他们家吃夜饭的朋友。倭雷依太太把整个情况告诉了那个朋友。至于再买新伞，那是不可能的了，而她的丈夫再也不会有伞可用。

那个朋友听完整个经过后，开始对倭雷依太太讲道理：“这样一来，太太，他的衣裳可就毁掉了，衣裳可是比雨伞更值钱。”

倭雷依太太的气一点儿也没有消，她愤愤地说道：“那么他只能用厨子的雨伞了，反正我没有新绸伞给他用。”

听到这番话，倭雷依先生生气了，他说：“那么我就辞职，我！反正我是决不会拿着厨子的雨伞到部里去的。”

那位朋友接着劝慰说：“那就去换一块伞面吧，也不是很贵。”

倭雷依太太依然是怒气难消。她喃喃地说：“那也至少要八个金法郎才能换个新伞面。八个再加上之前的十八个，这样下来就是二十六个金法郎！花二十六个金法郎买一把雨伞，这不是犯傻吗！真胡闹。”

那位朋友也是个可怜的小资产阶级，这时，他的脑子里突然闪现出来一个念头，他说：“不然，让您的保险公司赔偿吧。只要这损害是在您家里发生的，公司就有责任赔偿烧了的东西。”

听到这个主意，倭雷依太太的怒气瞬间全消了，她思索了一分钟，对丈夫说：“明天，你去部里之前，先到慈爱保险公司去一趟，让他们验明这把雨伞的情况，然后要求赔偿。”

倭雷依先生听太太这么一说，立马跳了起来。他说：“你说的是什么话，我这一辈子也不会去的！那十八个金法郎已经没了。还有什么可说的。再说了，我们也不会因为这点钱就送了命。”

第二天，倭雷依先生拿着手杖出门了，好在天气十分晴朗。倭雷依太太独自坐在家里，一想到十八个金法郎的损失，她还是觉得心疼得厉害。她把雨伞搁在饭厅的桌上，然后四下张望了一番，却想不出一个解决的方法。保险赔偿的念头时时刻刻在她心头萦绕，不过，一想到保险公司那些接待顾客的嘲笑的神色，她也有点打退堂鼓的意思，因为社会上的一些交际总是让她畏怯，以致每每有一些必须的场合需要和陌生人打交道，第一时间她就会被弄得手足失措，一张脸也会毫无来由地红起来。但话又说回来，这十八个金法郎的损失就像有人割了她一块肉似的疼。她原本是不想有什么念头了，不过这损失却时时提醒着她。到底该怎样办呢？时间一小时一小时地过去了，她简直打不定主意。

她踌躇了片刻，忽然如同懦夫变成了勇士似的，一个解决方法涌上了她的心头。她在心里不停地暗示着自己：

“我一定去，去了再说!”不过目前要做的是要在雨伞上花点功夫，让它看起来损伤得更为严重一些，这样的话她所提的条件才容易得到解决。于是她从壁炉台子上取了一根火柴，在伞骨之间把伞面烧去手掌大小的那么几块；之后，她又仔仔细细地把剩下的绸伞面卷起来，再用橡皮圈箍住。一切就绪后，她披上围巾，戴上帽子，提起雨伞快步走下楼，向着保险公司所在的黎伏力街走去。

离保险公司越来越近，她的脚步也越发慢下来。她心里暗想：该怎样去说？旁人该怎样来回答她？这么想着，她开始在黎伏力街注意房屋门牌的号数了。距离保险公司还有二十八家。不错，还有时间来好好思索。

她的脚步越来越慢，甚至发起抖来。原来不知不觉间她已走到保险公司门前了，门上金晃晃的几个字标着：“慈爱火险有限公司。”

这么快就到了！她在门口停了一会儿，又发愁又惭愧，她低着头来回踱着步子，走过去，又走回来。终于，她像下定决心似的，暗自默想：“我应还是进去的好。早到一点总比迟到一点好些。”

当她迈进那栋房子里的时候，她觉察到自己的心跳的更厉害了。她走到一个宽大的大厅里，大厅的周围有许多窗口，每个窗口里面的人只露着脑袋，身体以及其他部分都被一道格子墙遮住了。

一位先生手里拿着一打纸张在厅子里经过。她停住脚步怯怯地低声询问：“对不起，先生，顾客要求赔偿烧毁的物件，应该去哪里办理，您能够告诉我吗?”

他大声回答：“在二楼靠左第一间，损失科。”

“损失”这二字，更使她羞愧了，她突然很想逃走，什么话也不说了，甘愿牺牲那十八个金法郎。可一想到这个数目，她的勇气又活跃了起来，于是她上楼了，喘着粗气，走一步停一下。

在二楼上，她瞧见了那扇写着“损失科”的门，她敲了敲门。里面有人清脆地喊着：“请进来。”

她进去了，看见一间大的屋子中间，三位神态庄严身挂勋表的先生正在站着说话。

其中有一位向她问：“您有什么事情吗，太太?”

那些想好的措辞突然间不见了，她吞吞吐吐地说道：“我来……我来……为的是……一件火灾的损失。”

那位先生一面恭恭敬敬指着一个位子示意她坐下一面说道:“劳烦您稍坐一下，我马上和您谈话。”

说完，他转身向着那两位先生继续谈话了，他说:“先生们，超出四十万金法郎以上的数目，本公司自信对于二位是不受约束的。但我们不能承认您二位这种追还原数的要求，这样一来，我们要多付十万。并且估价……”

两人中的其中一位打断他说道:“这就够了，先生，法院将来会作出应有的决定。那么我们只好先告辞了。”

之后，他们恭恭敬敬行了礼，一同出去了。

唉，倘若她能勇敢地和他们一同出去，她就会那么做了，放弃所谓的赔偿就这么跑掉！但是她能那么做吗？那位先生已经走了过来鞠躬问道:“请问有什么可以为您效劳的，太太?”

她困难地开了口，有些支吾地说道:“我来是为了……为了这个。”

那位先生用一种天真的诧异神态，低头望着她举给他看的那件东西。她试图捋开橡皮圈，可是她发抖的手有些不听使唤，她费了好大的劲儿总算是达到了目的。之后，她连忙撑开了那副只剩下残破面子的雨伞残骸。

经理恻然说道："我觉得这东西损坏得不轻。"

她迟疑地高声说道："这东西送掉我二十个金法郎。"

他吃惊了，说道："真的！要这么多?"

"是的，这东西以前是很好的。现在我想请您检查它的情况。"

"很清楚，我看得到。很清楚。但是我不知道这东西和我有什么关系。"

她不放心了，以为这公司不肯赔偿这种小东西，于是说道："但是……这把伞被火烧了……"

经理并不否认："我看得很清楚。"

她张着嘴发呆，不知道如何说下去，随后，忽然明白自己忘了把来意说清楚，于是连忙说道："我是倭雷依太太，我们在慈爱公司保了火险，现在我是为了要求赔偿损失来的。"

她害怕旁人干脆地拒绝她，又连忙添上一句："我只要求您为我补上一个新伞面。”

这可把经理弄窘了，他说道：“但是……太太，我们不是卖雨伞的商人。我们不能亲自担负这类的修理事情。”

经理的话让这个矮小的妇人觉得自己的事有着落了。自然应该奋斗的，她觉得自己可以奋斗了！她没有恐惧了。她说道：“我只要求修理的费用。我自己能够去办。”

经理好像有点糊涂了，说道：“真的，太太，这真不算多。不过旁人从来不向我们要求赔偿这样轻微的灾害损失。我们现在断不能够照付，请您想想吧，譬如手帕、手套、扫帚、破鞋子，一切小的东西，那都是每日逃不了的火灾的损失。”

她忽然脸红了，并觉得满身都是怒气，她说道：“先生，不过去年十二月，因为烟囱走火，我们至少损失了五百金法郎，倭雷依先生一点儿没有要求赔偿，今天公司赔偿我的雨伞是应该的。”

经理显然已经猜到她在说谎，就带着微笑说道：“你可要老实说哟，太太，倭雷依先生对于五百金法郎的损失一点儿也不要求赔偿，现在为了修理雨伞的五六个法郎，倒反来要求，这可是一件很奇怪的事。”

她一点也不惊慌，很镇定地答道：“请您见谅，先生，五百金法郎的损失，是属于倭雷依先生的钱袋里的，至于这十八个金法郎的损失，是属于倭雷依太太名下的。这不是一码事。”

经理看得出，他是无法推开这个妇人的，并且还要徒然耗去很多时间，于是他用退让的神情问道：“请您把火灾如何形成的情形说给我听听吧。”

倭雷依太太觉得胜利在望，便开始叙述起来：“请听吧，先生，我有一只搁雨伞和手棍的铜架子放在大门旁边。某天我回家的时候就把这柄伞搁在架子里。我应该告诉您，架子上部有一块板子是做放置蜡烛火柴用的。那天，我伸手取了三四根火柴。拿一根一划，谁知它断了；我再划第二根，立刻燃了，却又立刻灭了。再划第三根，谁知也是一样。”她说到这里，经理用一句俏皮话打断了她的叙述：“您确定那都是政府制造的火柴吗？”

倭雷依太太没有明白这句话的意思，依然继续叙述：“这完全是有可能的。我每次都是划到了第四根才能划着火点上蜡烛，随后我进房预备睡觉。但是过了那么一会儿，我好像闻到什么东西烧焦了的味儿。我一向是害怕火烛的。唉！如果我们偶然出了一个乱子，那绝不可能是我的过错！

尤其那次烟囱走火以后，我刚才好像告诉过您的。所以我立刻起床走到外面去看，就像猎犬一样四处嗅闻，最后才发现是这把雨伞烧着了。大概是因为一根火柴掉进去的原故。现在你看，它被火烧成什么样子了……”

经理已经打定了主意，问道：“这种损失，你估计要多少钱?”

倭雷依太太也不敢贸然说出个数目来，便没有回答。后来她装出一副很大度的样子说道：“那么，请您找人来修理吧。修好了我再到您手中来取。”

经理拒绝了：“这是不可以的，太太，我不能照办。您要求赔偿多少，请您直接告诉我吧。”

“但是……我觉得……这样吧，先生，我不能这样赚您的钱，我们去试一下。我把这雨伞拿到一家伞铺子里，然后让他们配一个又好又结实的绸伞面，弄好之后我再拿发票向您取款。您看这样好吗?”

“很好，太太，就这么说定了。我给您写一张通知出纳科付款的条子，那里会有人赔偿您所需要的费用的。”

于是他把写好的条子交给了倭雷依太太，她接了过来，并道了谢，因为害怕经理突然变卦便急匆匆地走了出来。

现在，她欢欢喜喜地走在大街上，打算去找一家看起来与众不同的有档次的雨伞店。她已经在心里盘算好了，等到找到了这么一家华美的铺子，她就走进去用一种稳稳妥妥的语气说：“这是一柄要换绸面的雨伞，而且要那种顶级的伞面。所以请您务必拿出最好的伞面装上去。至于价钱，我不在乎。”

一个乞丐

如今他又穷又残废，不过说到从前，他似乎也过了许多舒服的日子。

那年他十五岁，在通往瓦尔维尔的那条大路上，一辆车子夺走了他的双腿，从那之后，他便靠行乞为生了。他拄着双拐，拖着身子，摇摇晃晃地沿着路旁一个个的农庄艰难地走，从一个院子到另一个院子。长期的双拐生活，让他的两肩向上耸起，高度几乎要与耳朵齐平了，所以，整体看上去他的脑袋好像陷在两座山峰中间似的。

他是个弃婴，是比耶特的本堂神甫在万灵节的前一天从河沟边捡来的，因此得名——尼古拉·图森。他从小靠着救济施舍长大，自然也就没有什么机会接受任何教育。一天，村子里面包店老板为了开心取乐，给他喝了几杯烧酒，于是就有了那场该死的车祸，他成了残废。也是从那天开始，他成了一个遭人唾弃的流浪汉，除了乞讨，再没能力去做别的事情。

以前，德·阿瓦里男爵夫人让他住在和府邸相邻的农庄里。农庄鸡舍旁边有一个堆放干草的地方，他就睡在那里。有很多日子，他也会乞讨不到东西，实在抵不过饥饿的时候，他就会去府邸的厨房，因为在那里他总可以得到一块面包和一杯苹果酒。如果够幸运，老太太还会从高高的台阶上或卧室的窗口扔给他几个铜子儿。不过现如今老太太已经去世了。

附近的这些村子的人，其实很少给他钱或吃的东西，因为大家实在是太了解他了。四十年来，他们就这么看着这个因残废而变得畸形丑陋的人架着双拐，穿着破烂不堪地从这家草屋走到那家草屋，他们早就看腻了。可是他有什么办法呢？他不愿到别的地方去，因为除了这些地方，他对外面的世界一无所知。他为自己行乞定下一些界线，他从不跨越这些界线，几十年来，这成了他的习惯。他不知道一直挡住他视线的那些树木后面的世界还有多大，对于远方，他从来没有任何想法。

当地的农民总能在他们的田边遇到他，他们对他已经相当厌烦了，所以常常大声吆喝他："你为什么不尝试着去别的村子里看看，总在这里打转转?"

听到这样的话，他通常什么也不回答就走开，他的内心能感到的只是一种对陌生世界的恐惧，这种恐惧又不太清晰。这是一种穷人的恐惧，他仿佛对一切都感到害怕：陌生的面孔，随时都有的辱骂，素不相识的人的怀疑和厌恶的眼光，还有大路上列队走着的宪兵。不知道为什么，一见到宪兵，他就会马上钻到灌木丛里或躲到一堆乱石后面去，这像是他的一种本能反应。

只要看到宪兵，哪怕是远远看到他们的一点身影，他马上就变得矫捷起来；为了找到一个藏身的地方，他动作灵敏得简直成了神话中的怪物。他从木拐上滚下来，就像一堆破烂似地落到地上，他把身子缩成一团，变得很小很小，像一只躲在窝里的野兔一样紧贴着地面。他那破烂的衣服和泥土的颜色混杂在一起，若不留心看真是很难发现。

其实，他从来没有和宪兵发生过任何冲突，不过他天生害怕宪兵，这或许是一种遗传吧，尽管他从未见过自己的亲生父母，但血液里天生就带有这种畏惧和这种敏感的。

世界之大，却没有一个安身之处留给他，他甚至连一个可以躲避风雨的地方也没有。夏天还好，随便什么地方都可以睡一觉；冬天寒冷，他便巧妙地钻进农人们的谷仓或牛羊圈里，第二天赶在别人还未发现之前偷偷溜掉。有哪些洞窟可以钻进这些房屋，对此他了如指掌。常年的拄拐生活，让他的双臂出奇地有力，他可以单凭手腕的力量就可以爬到堆放草料的顶楼上。如果乞讨来的食物够吃，他甚至可以一连四五天躲在上面不下来。

他生活在人群中间，却又总让自己保持孤立。就像树林中的动物一样，他既不和任何一个人交往，也不爱任何一个人。这种的态度更是激起了农人们的敌视和鄙夷的心理，于是大家对他就更加冷漠了，甚至给他起了一个不太好听的外号——吊钟，因为他在两根木拐中间摇来摆去，实实在在像是支架上摆动的一口钟。

已经两天了，他滴米未进，大家已对他厌烦透顶，终于，再也没人管他了，也没有一个人肯给他一点吃的。农妇们站在家门口，看到他走过来，老远地就对他喊道：“赶快走开，没出息的东西！三天前不是刚给过你一块面包吗？”

他听了便停下来，然后拄着拐杖回转身子，向另一户人家走去，但受到的对待完全相同。

女人们站在各自门口发表意见：“大家总不能常年养着这个无所事事的废人啊!”

当然，重要的是这个无所事事的人每天还要吃东西。

眼下，他已走遍了圣伊莱尔、瓦尔维尔和比耶特的所有人家；没有讨到一文钱或者一点能吃的东西，哪怕是一张面包皮也没有。他把仅有的希望寄托在图尔诺尔，但到达那个地方还需要再走两法里，而他饥饿的身体，已经没有力气了。

不过，他还是勉力朝前走去。

正值十二月，田野里的凛冽寒风，在光秃秃的树枝中间呼啸着；天空低矮阴暗，一团团云块急匆匆地一掠而过，也不知要飞向什么地方。“吊钟”慢慢地走着，艰难地移动着两根拐杖，同时用那条侥幸留下来的弯曲的残肢稳住身体。残肢上还留着一只畸形的脚，上面裹着一块破布。

他每走一段路便在沟边坐下来休息几分钟，一颗原本就沉重的心因为饥饿的缘故而越发痛苦了，如今他的头脑里只有一个念头："吃"。但他不知怎样才能弄到吃的。

三个小时过去了，他还在这条路上艰难地跋涉着，终于，村边的一排树木映入他的视线，他激动地加快了动作。

他向遇到的第一个农人乞讨，这个农人回答道："老伙计，你又来了！我们简直无法摆脱你了？"

"吊钟"无奈，只好拖着疲惫的身子走开。这里的每一户人家对他都很粗鲁，不给他一点儿东西便骂着把他赶走。他没有放弃，还是低声下气地坚持着一户一户讨下去，但到了最后，他得到的依然是失望，连一文钱也没有讨到。

于是，他又拖着沉重的身体向别的农庄走去，被雨水泡过的地面很湿软，他走得很吃力，连木拐似乎也提不动了。和前面那个村子的情形一样，他不论走到哪里，人们都是那样的嫌弃厌恶他。天气很坏，潮湿又凄冷，碰上这样的天气，人们的心情总是不好，就算一件很小的事，也极容易生气，这种情况下，他们既懒得伸手施舍，也懒得伸手帮助别人。

所有熟悉的人家，他一一走完。他累极了，就在希凯老爷院子外面的角落里躺下。他将两只木拐塞到腋下，就那么一动不动地躺着，呆呆地不知道在想些什么。饥饿让他陷入了浑噩，所以，他也就不可能看清楚那深不可测的不幸正慢慢向他靠近了。

过了很长时间，他痴痴地在那里等待着，连他自己也不知道到底在等待着什么。寒风刺骨，他就待在那个角落里，期待着能有人来帮助他，期待着奇迹发生；但他却没有想过这些帮助为什么会来，怎样来，通过什么途径来。一群黑母鸡走过去，在这哺育所有生命的土地上寻找着可以果腹的东西，它们不时地啄起一颗谷粒或一只肉眼看不到的小虫，吃完后又继续它们的搜寻，耐心而自信。

看着这些母鸡，“吊钟”什么也没有想。过了一会儿后，他的脑海中忽然有了一个想法——这个想法与其说是他想到的还不如说是他饥饿的肚子感觉到的：捉一只母鸡来，用枯树枝生起火来烤一烤，一定很美味。

他为自己的想法感到开心，丝毫没有想到这是一种偷窃的行为。他顺手捡起一块石头朝离他最近的一只母鸡砸去，只一下就把母鸡砸死了。那只被砸中的母鸡扑着翅膀倒了下去。另外几只赶紧迈开细瘦的脚爪颤巍巍地逃走了。“吊钟”重新架上木拐，和那些母鸡一样，颤巍巍地上前去拾取他的猎物。

还没来得及靠近猎物，他只觉得背上被人猛地一推，力量之大使他的双拐从腋下飞了出去，一直滚到距离他十来步远的地方才停下。怒气冲天的希凯老爷一下子扑到这个小偷身上，发疯似地痛打起来。这很常见，一个乡下人抓住偷他东西的小偷总会打得这样凶狠。希凯老爷一阵拳脚，没头没脸地乱打一通，却不知被打的人是没有一点还手的能力的。

农庄里的工人都涌了过来，也来帮助他们的东家来痛打这个讨饭的，直到他们打累了，才把他拖起来，然后把他架到柴房里关起来，他们要把他交给宪兵处理。

被打得半死的“吊钟”躺在地上，全身都流着血，疼痛和饥饿已经让他奄奄一息。

天色渐渐暗了，接着是夜晚，然后天亮了，他一点东西都没有吃。

将近中午时，宪兵来了。因为希凯老爷声称自己曾受到这个乞丐的攻击，所以两个宪兵以为他们也会遭到抵抗，便十分小心地把门打开。

其中的一个班长喊道：“喂，站起来！”

但此时的“吊钟”已经不能动弹，他挣扎着想用木拐将自己支撑起来，但做不到。两个宪兵以为这个狡猾的罪犯是在装假，故意不肯站起来，便一面斥责着他，一面粗暴地把他拖起来，硬把他架到木拐上。

他害怕极了。这是一种天生的、本能的恐惧，就像猎物对猎人的恐惧，老鼠遇到猫的恐惧。最后，凭借着一种由潜意识爆发的力量，他竟然成功地站住了。

“走!”班长说。

他果真就走了起来。农庄里的所有人都看着他一拐一拐地走了。女人们向他挥着拳头，男人们则嘲笑、诅咒他：终于把他抓起来了，这下总算可以摆脱他了!

就这样，他被两个宪兵夹在中间，走了。他身上突然爆发出一种不同于平时的力量，一种不顾一切、倾尽所有的力量。靠着这股力量，他支持到了傍晚。那一刻，他已经神志不清了，眼前究竟发生了什么事，他一点都不明白，他已经完全吓傻了。

一路上，所有遇到他的人都站下来，他们看着他走过去，然后嘴里咕哝着说：“大概是个可恨的人!”

将近傍晚的时候，他来到了区政府的所在地。在过去的几十年中，他从来没有到过这么远的地方；他实在想象不出到底发生了什么事，也无法想象接下来将会发生什么。所有这一切可怕的、难以预料的事情，这些陌生的面孔和陌生的房屋，都让他陷入了前所未有的恐惧中。

他一句话也没有说，似乎也没什么要说的，因为他什么都不知道，加上这么多年以来他几乎不和人打交道，他的语言功能几乎已经丧失了；再者，他的思维也过于混乱，根本没法用正常的言语来表达。就这样，他被关入了看守所。

宪兵们压根就没有想到要给他弄点吃的，就这样把他丢在里面。过了一宿直到第二天清晨，他们来提问他，才发现他已经死了。这个结果，是大家万万没有料到的。

壁橱

吃过晚饭，大家很自然地谈到了姑娘们，因为男人们聚在一处，确实也没有什么好谈的。

我们中间有一个人说：“哼，关于这个题目，我倒是遇见过一件很奇怪的事。”

说完这句话，他随即叙述了整件事情的经过：

还是在去年冬天里的某天晚上，我忽然有一种让人感到极为凄凉的懒散意味，这种感觉是难以让人承受的，它不时缠住人的肉体和灵魂。我当时独自一个人待在家里，觉得自己如果就那么待着不动的话，那种过分的悲愁会快速地将我包围，而且那种悲愁如果时常侵袭过来，会很容易把人引上自杀之路，这种结果是无可避免的。

所以，我披上了外套，走出了家门，来到街上。但是我自己却不知道该去干些什么，就这样毫无目的的由下坡道儿走到了城中心的热闹大街，我开始沿着各处咖啡馆的门外闲逛，这些咖啡馆几乎全是空的，看不到什么客人。因为那天正下雨，是那种阴绵绵的细雨，能同时沾湿人的精神和衣服，它不是倾盆大雨，不像瀑布似地倾倒下来，让气喘吁吁的行人极为迫切地跑到大房子的门底下躲藏；所以，这种使人无所适从几乎看不到雨点儿的毛毛细雨，向行人的身上飘过来，不久，一层冰凉而有渗透力的苔藓状的水分就在衣服表面形成了。

怎么办？我向前走了一段，然后又向后退了回来，其实我是想找一个地方，能够让我消磨两小时就够了。结果很遗憾，我甚至第一次发现夜晚在巴黎竟没有什么散心的好去处。最后，我决定去牧女狂，那个地方应该算是姑娘们的游戏场。

我走进大厅，发现人并不多。那条铁蹄形散步长廊上，只有一些低级的游客散落其中。从这些人的举动上，服装上，发型上，帽子上，以及皮肤的色泽上便能轻易看出他们的平凡身世。像是一个看上去干干净净，穿着整套相称的服装的人，说实在的，那可真的很难遇见。至于姑娘们呢，基本上都是这一群人，你们知道的，那些可怕的姑娘，相貌丑陋，没精打采的，皮肤也很松弛，这一切形态，无一不表露出她们那种不知因何而起的愚顽的轻蔑态度，她们走来走去，好像在猎取主顾似的。

我在心里暗自嘀咕着，那些婆娘都是畸形的，与其说她们身材丰满倒不如说她们浑身长满了油脂，一部分肥得凸出来，另一部分却又极其干瘦。她们腆着一个“酒肉和尚”式的大肚子，而两条长腿却又像鹭鸶，而且膝盖部分向里弯曲着，总之她们可真是没有一个地方是值一枚鲁意的，她们在五枚鲁意的讨价还价以后，能够得到那么一枚是很不容易的。

就在这时，我忽然望见一个令我觉得可爱的人儿，她身材矮矮的，看上去年纪并不很轻，不过给人的感觉却是鲜润的，很讨人欢喜的，也很富于刺激性的。我拦住了她，那种迫切的愚笨的想法根本不允许我多作考虑，我说出了我愿意支付的那种度过通宵的代价。是的，我不愿意就这么孤孤单单的一个人回家，我更欢喜和这个姑娘一起缠绵拥抱地共度良宵。

就这样，我跟着她走了。她住在殉教街一所大房子里。楼梯上的煤气灯已经熄了。我慢慢地摸索着往上爬，不断地划燃一支蜡烛火柴，微弱的火光下，我的脚撞着楼梯的台阶有好几次几乎失足，因此我的心里很是恼怒。而她呢，走在前面，一直没有声响，我只能听见她的衣裙的摩擦声音。

她走到五楼就停住了，把和外面相通的门关好了以后，她问道："那么你是打算待到明天吗？"

"当然。你知道的，这是我们之前都商量好了的。"

"好，我的猫儿，我不过是问一下。你在这儿等一分钟，我马上就来。"

于是，我听从她的话，站在黑暗当中了。我听见她关好了两扇门，随后她好像还说了几句话。我不禁诧异起来，有些不放心了。心里想或许还有一个面首在她屋子里。不过我的拳头和腰杆儿也是很壮实的。我暗自想着："等会儿，我们可以看个明白。"

我屏住呼吸，竖起耳朵来仔细听着。有人在轻轻地做着什么，有人在慢慢移动，并且非常的小心谨慎。随后另外一扇门打开了，我觉得又有人说话，不过我听不清他们在说什么，他们的声音很低很低。

终于，她回来了，手里还端着一支点燃了的蜡烛。

“你可以进来了。”她说。

她用“你”这个字来称呼我，这显然是一种取得占有权的声明。我没再多想，便跟着她进去了，我们先是经过了一间显然从来没有人吃饭的饭厅，之后就走进了一间卧房，那正是一般姑娘们住的卧房，连家具一起出租的卧房里，还带着几幅厚的幔子，还有一铺染着可疑的斑斑点点的红绸子的羽绒被盖。

她接着又对我说：“你随便坐吧，我的猫儿。”

我用一种怀疑的眼光审视着这个屋子，并没有发现什么像是令人放心不下的东西。

她动作麻利地脱了衣衫，在我还没有脱下外套以前，她已经赤裸裸地躺到了床上。她开始笑了：“喂，你这是怎么回事？难道你是变成了木头人儿？你瞧，赶快点吧。”

我照她的样子做了，然后和她纠缠着躺在一起。

大概过了五分钟的样子吧，我发痴似地很想穿上衣裳并且马上离开这里。不过，那种在我家里纠缠过我的，那种使人疲惫不堪的懒散意味竟留住了我，剥夺了我的全部力气，使我做不了任何的举动。所以尽管我在这个人人可睡的床上感到十分的恶心，但我只能这样躺着无法离开。之前，我在那边，我在游戏场的灯光下面，认为自己从这个尤物身上发现了那种激情的滋味，而现今，那滋味竟在我的怀抱中间消失的无影无踪，紧挨着我的，和我肌肤相亲的，不过是个庸俗姑娘，她和一般的庸俗姑娘没有丝毫的不同，而且她那种毫无感情，只是单纯献殷勤的亲吻又带着一股刺鼻的大蒜味儿。

我开始和她谈天。

“你在这儿住了很长时间了吧？”我说。

“到一月十五号就半年啦。”

“那么你以前住在哪儿？”

“以前我住在克洛随勒街。但是看门的妇人总找我麻烦，我就退了房子。”

接着，她就讲起来一段关于那个看门妇人的说不完的闲话，她说那个妇人从前造了她许多谣言。

突然，我听见了一些声音，仿佛就在我们身边响动一样。开始，那是一声轻微的叹气，随后，又有一些轻微的响声，虽然轻微，但听得却是清清楚楚，就像一个人坐在椅子上转动一样。

我猛然从床上坐起来，并且问："什么声音？"

她似乎对此已经习惯，安详平和地回答我说："你不用担心，我的猫儿，那是隔壁的女人的声响。这种房间的隔板非常薄，所以你听起来会觉得那声响就在这间房里一样。唉！这种房子真糟糕。简直是纸板糊的。"

我身上的懒散意味越来越沉重了，只好再次钻到了被窝里。过了一会儿我又和她聊了起来。男人们总是如此，每每受到愚笨的好奇心推动，便要向这类的尤物打探她们的初次的遭遇，甚至还抱着一种猎奇的心态，试图揭开她们的初次堕落的面纱。这样做的目的似乎是想在她们身上去搜寻一种遗留下的清白的痕迹，尽管那已经很遥远。可是，男人们不都是这样吗，他们期许着从一句真话里去寻求她们从前那种天真而贞洁的短暂回忆，如此，自己便会因为那种回忆而去爱她们。而我就是在那种好奇心的推动下，向她提出了不少有关她前几个情人的问题。

当然，我完全知道她是会说谎的。不过这又有什么关系呢？我也许会从那些谎言中间发现一件诚实而且动人的事，这也说不定。

“好吧，你得告诉我那人是谁呀。”

“那是一个玩游艇的人，我的猫儿。”

“哈！说给我听听。那时你们是在哪儿呢。”

“在阿尔让德伊。”

“你当时做什么工作呢？”

“我在一家餐厅做女佣人。”

“在哪一家？”

“就在淡水船员馆。你知道那地方吗？”

“那还用说，盘南舫开的。”

“对呀，正是那一家。”

“你们是怎么开始的，和那个游艇家？”

“我替他收拾床铺的时候，他强迫了我。”

她说到这里，我突然记起我的一个医生朋友的理论了，他是一个善于观察而且很懂哲理的医生，他在某大医院服务多年，他每天接触的都是一些身为人母的姑娘还有所谓的“公共的姑娘”们。因为这，他认识了女性的一切羞耻和困苦，也认识了可怜的女性成为有钱闲逛的男性的丑恶牺牲品后的一切羞耻和困苦。

“向来如此，”他告诉我，“一个女孩子通常是被一个和她阶级相同且生活情形相同的男人引坏的。有关这种例子的观察记录，我那里有好几本。人们常常指责富人采摘民间孩子的清白之花。那么说是不正确的。富人购买的只不过是别人采下来扎好的花束！当然，他们自己也喜欢动手采摘，不过采摘的对象却是那些在第二期开放的花；他们从不去剪第一期的。”

一想到这些，我就望着眼前的女伴笑起来：“你应该知道我对你的历史相当了解。第一个和你相识的人并不是那个游艇家。”

“喔！真的是他，我的猫儿，我对你发誓。”

“你在说谎吧，我的雌猫儿。”

“噢！真的没有，我没有骗你。”

“你是在说谎。赶快把真相都告诉我吧。”

然后她不说话了，像是迟疑不决，脸上的惊惶显而易见。

我继续追问：“我是个魔术师，我的漂亮小女子，我是个懂得催眠术的人。如果你不把真相告诉我，那么我就会催眠你，到时候你的事情我一样可以知道的一清二楚。”

她和那些和她从事着相同营生的女人一样的愚昧，听到我这么说，她果然害怕了，支吾地说：“你是怎么猜着的？”

我接着说：“快点说吧。”

“唉！第一次吗，其实说来那真不算什么。那一天正是那个地方的纪念节。餐厅里便新雇了一个临时帮忙的大掌锅，就是亚历山大先生。他一到餐厅里，就像是一个国王一般，想干什么就干什么。他指挥一切的人，甚至还指挥老板两口子……总的来说，他是个高高大大英俊好看的人，他并不在他的炉灶跟前站着不动。他始终嚷着：‘赶快，要点奶油，再打几个鸡蛋儿，再加点儿葡萄酒。’这些他需要的东西，旁人必须立刻跑着给他送去，否则他就会很生气，对大家骂一些让人觉得连大腿都羞得绯红的话。”

“白天的事情做完之后，他就靠在门口抽他的烟斗。后来我正捧着一大叠空盘子从他身边经过，他就对我这么说道：‘听我说，孩子，你陪我到河边上走走，也让我观赏观赏本地的风光吧！’我呢，就像一个糊涂虫似地向河边走去了；我和他刚一走到岸边，他就不容分说地强迫了我，他的动作简直太快了，甚至我还没有来得及知道他到底对我做了什么。完事后，他赶着晚上九点的火车走了。从那之后，我就再没有见过他。”

我问：“全在这儿吗？”

她结结巴巴地说：“是啊！我很相信弗洛朗丹是属于他的。”

“弗洛朗丹，他是谁呀？”

“是我的孩子！”

“啊！很好。后来你又让那个游艇家自以为是弗洛朗丹的父亲，是这样吗？”

“你说的没错！”

“他应该很有钱吧，那个游艇家？”

“是呀，他留下了一份产业给弗洛朗丹，每年光是利息就能收三百金法郎。”

我对此越来越感兴趣了，便继续追问下去：“很好，我的宝贝，这很好。你们居然完全不像旁人猜想的那么笨。那么弗洛朗丹现在几岁了？”

她接着说：“他今年十二岁了。等到了春天，他就要去第一次领圣体。”

“就这些吗，自从那一次以后，你就老老实实做你这一种行业了？”

她叹气了，用忍耐的意味说：“除了这样，又能怎么办呢……”

但是忽然一个很大的声响让我激灵一下子从床上跳起来，那声音是从卧房里传出来的，是一个人跌到地上又爬起来的声音，其中还夹杂着双手在黑暗中摸索着墙壁的声息。

我端起蜡烛往四周转了一圈，又是惊惶又是生气。她也坐了起来，勉强拉着我不让我动，一面放低声音说：“没关系，你不用担心，我的猫儿，我向你保证不会有事的。”

不过在她给我解释这些的当口，我已经弄清楚那个异样的声音是从哪一边来的了。随即我向着一扇掩盖在我们床头处的小门走过去，然后伸出手快速地拉开了它……于是我看见了一个可怜的小男孩，那是个苍白而瘦弱的小男孩，坐在一把大的麦秸靠垫椅子旁边，正浑身发抖。他睁着一双惊恐的亮晶晶的眼睛望着我，很显然，他刚才是从椅子上跌落到地上的。

他看见我进来后，一下子就大哭起来，并张开两只胳膊向着我身后的人扑去。他边哭边喊说："这不是我的过错，妈妈，这真不是我的过错。我刚开始只是睡着了，后来不知道怎么回事就摔了一跤。您不要骂我啊，我向你保证这真不是我的过错。"

我转过身来望着那个妇人。最后我大声向她喊道："这到底是怎样一回事？"

她看上去似乎有些难为情，一副很难过的样子。她断断续续地解释说："你让我去想什么好办法呢？我挣的钱还不够他在外边寄宿的呢。我真是迫不得已才把他留在身边的，你看我现在的样子，老天啊，我实在是没有能力多租一间屋子。没有人来我这里的时候，他就和我一块儿睡。如果有人来这儿混一两个小时的话，他就只好在壁橱里安安静静待着了。他很懂事，他是知道有些时候需要那么做的。不过如果有人来住个通宵，就跟你现在一样，那么他就只能在一把椅子上睡一夜了，但是这会叫他腰痛的，叫这个孩子腰痛的哪……当然那也不是他的过错……我真想让你也去试试看，你……在一把椅子上睡一夜……你就能明白那种滋味了……”

她生气了，很生气了，所以才这样大喊着。

孩子始终哭着。一个瘦弱而畏怯的孩子，对呀，那真是壁橱里的，寒冷阴晦的壁橱里的孩子，他只能偶然回到那张暂时空着的床上吸收一点点温暖。

我呢，当时也很想大哭一场。

不过最后，我还是回到自己家里去睡觉了。

兄弟来一杯啤酒

——献给若泽·玛丽亚·德·埃雷迪亚

连我自己都弄不清楚，那天晚上，我为什么会走进这家啤酒店。

那天的天气非常糟糕，下着丝丝细雨，雨水像粉尘似地在空中飘扬着，将街上的煤气灯笼罩在一层透明的轻烟薄雾之中，并使得人行道闪闪发亮。从商店橱窗里射出的灯光穿过人行道，将地面上的泥泞和行人肮脏的双脚照得清清楚楚。其实，我并没有想到什么地方去，只是饭后出来散散步而已。我从里昂信贷银行、维维埃纳路经过，接着又走过其他几条街道，忽然发现这里有一家大啤酒店，而且里面的座位有一半是空着的，就这样，我莫名其妙地走了进去，其实我当时并不渴。

进去后，我先向四周看了一眼，想找一个宽敞一点的座位，于是就在一个看上去已经上了年纪的人身旁坐下来。他抽着一个只值两个苏的陶烟斗，而那个烟斗早已被熏得像煤炭一样黑。他面前的桌上堆积着七八个茶托，这些茶托就是他已经喝掉啤酒的杯数。我没有过多的去注意我的这个邻座，只是瞥了一眼，便看出他是一个酒鬼，就是那种早上一开门就来，晚上关门时才走的啤酒店的常客。他整个人脏兮兮的，头顶已经秃了，几缕油腻的花白长发垂披在礼服的领子上。他身上的衣服有些过分的肥大，我猜想应该是在他过去发福肚子很大的时候做的。我甚至可以想得出他的裤子一定系不住，大概每走几步路就要整一整，紧一紧这套不合身的衣服。他里面有没有穿背心呢？对此，我竟然有些好奇。还有他的鞋子，单单看到他的这双高帮皮鞋，再联想到皮鞋里包着的那双脚，就有些让人觉得想吐的感觉。他的两只衬衫袖口已经磨得露出布丝，袖边和指甲一样黑漆漆的。我刚在他身旁的位置坐下来，这位老兄就用一种很平静的声调对我说：“你好吗？”

我很是惊诧，猛然转过身去，盯着他的脸。

他又说道："你不认识我了吗？"

"不认识。"

"德·巴雷。"

这个名字从他口中说出，我瞬间惊得呆住了。他原来是我的中学同学——让·德·巴雷伯爵。

我只顾着紧紧地握住他的手，愣在那里不知说什么是好。

终于，我结结巴巴地说："你怎么样，你最近好吗？"

他心平气和地回答说："我呀，我还好。"

说完，他就不开口了。为了显得亲切一些，我只好找些话来说："那……你在做什么工作？"

他回答我说："你不是看见了吗？"然后，他便一副无所谓的听天由命的样子。

我能感觉到自己的脸红了起来。不过我还是追问了一句："难道你天天如此吗？"

他喷了一口浓烟，说道："是的，每天都是这样。"

说完，他用一个铜币在大理石的台面上慢吞吞地叩了几下，嘴里喊道："兄弟，来两杯啤酒！"

远处的吧台里，一个声音重复说："四号台子两杯啤酒！"紧接着更远一点地方又响起了另外一个尖锐声音："来——啦！"

随后，一个身上系着白色围裙，手上端着两大杯啤酒的人出现了，他一路跑着，手里黄颜色的啤酒在他的颠簸中，一路点点滴滴地洒在铺着沙子的地面上。

德·巴雷一口气喝干了他杯中的啤酒，他把杯子放在桌上，用力啜吸着留在胡髭上的泡沫。随后他问道："有什么新闻吗？"

有什么新闻值得告诉他呢，这我实在不知道，于是结结巴巴地说："没有，没有什么新闻，老朋友。我，我是个商人。"

他的语气始终平静，他说："这么说……你对做生意感兴趣了？"

“不感兴趣，不过怎么说呢，人总得做点事情啊!”

“为什么一定要做点事情呢?”

“这……为了不让自己闲着啊!”

“这又有什么用呢?你看我，我什么都不做，从来也什么都没做过。一个人手中没有分文时，他要去工作吃饭糊口，这我倒理解；但如果一个人生活过得去，再去工作，这就没有意义了。工作有什么用?你工作是为了你自己还是为了别人?如果为了你自己，那么这就是你感兴趣，这当然是一件不错的事情，不过如果这样做是为了别人，那你就是一个笨蛋。”

说到这里，他把烟斗放到大理石台面上敲了敲，又大喊一声：“兄弟，来一杯啤酒!”之后他对我说：“和你的谈话让我口干舌燥，我已经没有谈话的习惯了。是的，我吗，我什么都不干，我无拘无束，随随便便，自由得很，我已经老了。我想就算到了临死的时候，我什么遗憾都不会有。除了这家啤酒店，我没有别的可留恋的东西。我没有妻子，没有儿女，既无忧虑，也无悲伤，是的，我什么都没有。不过我觉得这样最好。”

刚送来的一杯啤酒又被他喝干了，他伸出舌头舔了舔嘴唇，又抽起烟斗来。

我呆呆地看着他。我问他："你总不会一直都是这样的吧？"

"很抱歉呀，我一直如此，从中学时代起就这样了。"

"可，这样下去怎么行呢，这怎么能算是一种生活啊，老朋友，这样很可怕。我觉得，你总得做点什么，喜欢点什么吧，你应该有几个朋友才对。"

"不，我现在这样很好。我每天中午起床，接着来到这里吃午饭，喝上几杯啤酒，等着天黑——然后，我吃晚饭，我再喝上几杯啤酒，等到了凌晨一点半钟，我就回去睡觉——因为这里关门了，这是最叫我讨厌的地方，怎么可以关门呢。十年来，我足足有六年的时间是在这个角落里度过的，就在我坐着的这张凳子上；至于其他的时间，那就是在我的床上了。此外，我哪里都不去。当然，有时我也跟几个老顾客聊聊天什么的。"

"不过，你到了巴黎以后，最初是做什么的？"

"我学习法律……在梅迪西咖啡馆。"

“后来呢？”

“后来……我过了河，来到这里。”

“那你为什么要费力做这些呢？”

“有什么办法呢？你总不能一辈子都留在拉丁区啊，那些大学生吵得太厉害。不过现在我不会再动了——伙计，来一杯啤酒！”

不知出于什么想法，我认为他是在愚弄我，所以我便继续追问下去：“好啦，我希望你能坦率一点，我觉得你一定经历过一件十分伤心的事，我猜大概是失恋吧？你这个人肯定受过不幸的打击。你今年多大了？”

“我今年三十五岁，不过看上去至少四十五岁了。”

我望着他的脸仔细打量了一番。由于没有好好地保养，他的脸上已经有了明显的皱纹，看上去简直就是一张老人的脸。在他头顶处的头皮上，几根剩下的头发很长，孤零零地飘来飘去。他的眉毛很粗，唇髭浓密，留着一把凌乱的大胡子。不知什么原因，我的眼前突然出现一只盛满黑黝黝脏水的脸盆，而盆里的那些黑漆漆的水就是洗过他的这头毛发剩下来的。我对他说：“说句实话，你的样子看上去确实比你的年龄更老，你肯定有过什么伤心的事情，才会落到这副田地。”

他回答：“我向你保证，绝对没有。我衰老得这么厉害的原因，是因为我从来吸不到新鲜空气。你可能无法想象，没有比咖啡馆里的生活更伤人的了。”

我还是不相信他的话，我说：“那么你一定花天酒地过，一个人如果不过分沉溺在女人身上，头绝对不会像你这样秃的。”

他依旧平静地摇摇头。随着他摇摆的动作，一些白色的头屑从他头上所剩无几的几根头发里散落下来，落在他的背上。“不，我从来没有放荡过。”他说着仰起脸来看着头上的分枝吊灯，吊灯的光热把我们的头顶照得热烘烘的，“要说我秃顶，那是煤气的责任，它是头发的大敌——兄弟，来一杯啤酒！——你不渴吗？”

“谢谢，我不渴。不过，你确实很令我感兴趣。你是从什么时候开始这样消沉的？这很不正常，也不自然，这里面肯定有什么原因才对。”

“不错，不过这要从我的童年谈起。在我很小的时候曾受过一次打击，就是那一次打击，令我对一切都感到悲观，它甚至决定了我的一生。”

“那么，这到底是什么事呢?”

“你想知道？那么你就好好听着，我把这件事说给你听。你一定还记得我那个城堡吧，那个我生长的地方——你不是在学校放假期间里来过五六次吗？你还记得那座灰色的大房子吧？它坐落在一个大花园中央，还有那些两边长着茂盛的橡树，向四面八方伸展的长长的林荫道！当然，你也该记得我的父母，他们两个都是过分庄重严肃的人。

“从小，我就很喜爱我的母亲，但对于我的父亲，我很是畏惧；不过我对他们两人都很尊重，而且也见惯了那些在他们面前卑躬屈膝的人们。在当地，他们是家世显赫的伯爵先生和伯爵夫人。我们的邻居塔纳马尔家、拉弗莱家、布雷纳维尔家，对我的父母也显得格外尊重。

“那年，我十三岁，正是整天无忧无虑的年纪，我每天都快快乐乐的，对什么都满意，就像所有这个年纪的人一样，心里充满了幸福感。

“然而不幸的一幕就在那时发生了，那是在九月底的一天，当时我正在花园树丛的枝叶间奔跑着装狼玩，就在我跑过一条林荫路时，看到我的爸爸妈妈也在那里散步。

“这一情景即便是在今天回想起来，还是那么清晰，就像发生在昨天一样。那是个刮大风的日子，一阵阵的狂风把成排的树木都吹得弯下腰来，来回摇摆着、呻吟着，发出呼啸的声音——就是暴风雨中的森林发出的那种喑哑、深沉的呼啸声。一些枯黄的被风吹离枝桠的树叶像小鸟一样在空中飞舞着，打着旋，落下来，然后就像那些跑得飞快的动物一样，沿着林荫道向前飞滚而去着。

“天色已经晚了，矮树林中开始变得很阴暗。呼啸的风声和摇晃的树枝刺激着我，使我兴奋不已。我像一个发了疯的人一样发狂地奔跑，一边跑一边还学着狼的嗥叫。

“我又看到了我的父母，于是就从树枝下偷偷摸摸地向他们走去，我本来是想吓他们一跳的，好像我真是一个不怀好意的坏人似的。

“我小心移动着，但正当我走到离他们只有几步远的地方时，一阵怒喊声响了起来，我一下子吓得停下脚步。声音来自我的父亲，他正在大发雷霆，他大声喊道：‘你的母亲就是个蠢货；再说，这是你自己的事，与你的母亲有什么关系。我告诉你，我就是需要这笔钱，我就是要你签字。’我妈妈坚定地回答：‘我不签。这是让的财产，我要给他留着。我不愿意你像挥霍你自己的财产一样，又把这

份属于让的财产挥霍在那些妓女和女佣人身上。’

“这时，我爸爸的情绪很激动，愤怒让他浑身发抖。突然，他转过身来，一把抓住我妈妈的颈项，然后挥起他的另外一只手，对准我妈妈的脸就拼命地打起来。

“我妈妈的帽子被他打掉了，头发披散开来。我看得出她想避开这些巴掌，但是她逃避不掉。而我的爸爸呢，就像疯了一般，左右开打，打得我妈妈两手抱住头，躺在地上直打滚。我爸爸似乎觉得不解恨，又硬是把她翻过来，掰开她护住脸的双手，继续打她。

“至于我呢，亲爱的，我觉得这个世界好像就要到末日了，那些永恒的法则也已经被改变了。我惊慌失措，没有一点儿办法，就像人们遇到超乎自然法则的事情，面临巨大的灾难和无法补救的创伤时的感觉一样。我的幼稚的头脑迷乱了，我弄不明白这是为什么，我发疯了。在这种恐惧和痛苦的交加下，我早已被惊吓得魂飞魄散，所以，我也不知为什么就那样拼命大叫起来。我父亲听到我的叫声，回转过头来，发现我站在那里，他就站起身朝我走过来。我当时害怕极了，我认为他要把我弄死，所以就像一只被追捕的野兽一样逃走了。我沿着一个方向笔直地向前冲，一直跑到树林里。

“我跑了很久，可能跑了一个小时也可能跑了两个小时，我自己也弄不清楚。天开始慢慢黑下来了，精疲力竭的我一头倒在一块草地上。内心升腾起的恐惧使我一直惊慌失措，神魂不安，一种深深的悲伤折磨着我，这种悲伤具有一种毁灭性的力量，它能使一颗可怜的孩子的心永远破碎。再后来，我感到饥寒交迫，直到天亮了我都不敢爬起来，不敢走动也不敢回去，更不敢再跑；我怕会遇到我的父亲，我这辈子都不愿再见到他，一辈子都不要。

“如果不是守林人发现我，硬要把我送回去，也许我会因为饥饿和痛苦死在那棵树下面的。我发现我父母的脸色一如平常，没有一点儿担忧的神色。我的妈妈只是对我说：‘坏孩子，你真是把我吓坏了。为了你，我一夜没有睡。’我没有回答我妈妈的话，不过我哭起来。我的父亲也没有说一句话。

“一个星期后，我回到学校里。就是这样，亲爱的，对我来说我的一切就这么完了。我看到了事物的另一面，坏的一面。也是从这一天起，我再也看不到事物好的一面了。其实，我自己也搞不懂，我的心里到底发生了什么变化？到底是什么古怪的东西让我的思想有了转变？不过这都不重要了，从此我对任何事情都失去了兴趣，对什么都不再心怀向往，对任何人都失去了爱心，对任何东西都不企求；

我既没有雄心壮志，也没有任何的希望要求。

“从那之后，我的眼前总是浮现出一幅场景，那是我可怜的妈妈躺在林荫道的地上被我父亲毒打的场景。几年以后，我妈妈就死了。我的父亲到现在还活着，不过我没有再见过他。兄弟，来一杯啤酒！……”

啤酒又送来了，他还是一饮而尽。不过当他重新点起烟斗时，由于手抖得厉害竟然把烟斗给折断了。他显然很失望，做了一个无可奈何的手势，很遗憾地说：“看看，这才是一件真正值得伤心的事呢！我需要花上一个月的时间才能将一根新烟斗重新熏黑成这个样子。”

此时，大厅里喝酒的人已经坐满了，整个大厅里烟雾弥漫。他又发出他那永恒不变的叫声：“兄弟，来一杯啤酒！——外加一根新的烟斗！”

归来

大海用它的浪涛拍打着海岸，短促而单调。一朵朵白云像鸟儿一般被疾风吹送着，掠过一望无际的湛蓝色的天空。在这条向海边倾斜的小山沟里，坐落着一个被太阳晒得暖烘烘的村庄。

马丹·莱韦斯克家就在这个村庄的入口处，显得孤零零的。这是一所渔夫住的小屋，黏土筑起的墙，茅草搭建的屋顶，上面赫然长着一簇簇像羽毛饰似的蓝色鸢尾草。门口一块四四方方的园地，小得像块手帕，里面种着一些洋葱、几棵甘蓝，还有一点欧芹和雪维菜。一道篱笆将它和大路隔开。

此刻，男的出海捕鱼去了，女的在屋前修补一张棕色大渔网的网眼。渔网挂在墙上，看过去就像一张其大无比的蜘蛛网。园子门口，有一个十四岁的小姑娘坐在草垫椅子上，椅子微微向后倾斜，她正背靠着栅栏，缝补衣服。这种衣服，只有穷苦人家才缝了又缝，补了又补。另一个小姑娘，比她小一岁，正把身子晃来晃去地哄着怀里的婴儿；婴儿还不会说话，既没有表情，也不会做动作。另外，还有两个男孩子，一个两岁，一个三岁，面对面地坐在地上，用他们还不灵巧的小手挖泥巴，偶尔他们会抓起一把沙土，你朝我脸上扔一下，我朝你脸上扔一把。

没有人讲话，除了那个被哄着的婴儿断断续续地啼哭几下，哭声细而微弱。一只猫在窗台上小睡。靠墙的一排紫罗兰开得很好，看过去就像给墙脚垫上一道白色美丽的花边。扫兴的是有一群苍蝇在上面嗡嗡地飞来飞去。

突然，在园子门口补衣服的小姑娘喊道："妈妈!"

女的问道："什么事啊?"

"他又来了。"

其实一大早开始，她们就非常不安，因为有个男人总在他们家四周转来转去。男人上了年纪，模样像个穷苦人。女的带着孩子们送男的出海时，这个人就坐在门对面的沟边上，当他们从海滨回来的时候，他还坐在那里，而且眼睛一眨不眨地望着他们的房子。他看上去像是有病，生活也应该很穷困。一个多小时，他就坐在那里一动未动。后来他似乎觉察出有人把他当做坏人，这才站起来，拖着两条腿走开了。

但没过多久，他又拖着无力的步子出现在女孩的视线里。然后他又坐下来，和上次不一样的是这次他坐得稍微远一点。那种感觉，就像他坐在那里是专门为了窥探她们的。

母亲和两个女儿不安起来。特别是母亲，因为她天生胆子就小，加上她的男人要到天黑才能出海回来。她的男人叫莱韦斯克，她叫马丹，人们就喊他们“马丹·莱韦斯克”。这样叫也是有原因的：她结过两次婚，第一个丈夫是个水手，名叫马丹，每年夏天他都要到纽芬兰岛去捕鳕鱼。

婚后两年，她为他生了一个女儿。后来他所在的那艘大海船——迪耶普的三桅船“两姐妹”号失踪时，她肚子里的第二个孩子已经六个月了。从那以后，这艘船便没有了任何消息，而船上的水手一个也没有回来。时间长了，大家便认定这艘船连人带货全都遇难了。

她等了她丈夫十年，历尽艰辛，好不容易才将两个孩子拉扯长大。她身体健壮，为人也善良，莱韦斯克对她很有好感。莱韦斯克是个鳏夫，和她的前夫一样，也是个水手。他带着儿子一起过活。后来，他向她求婚，她答应了，三年中她又为他生了两个孩子。

生活虽然艰辛，但他们依旧勤勤恳恳。面包对于他们都是昂贵的，更别说肉了。在冬季刮大风的那几个月里，他们的日子更为窘迫，有时还欠面包店的账。不过几个孩子都还争气，身体长得都很结实。平时邻里间聊天，大家都说："马丹·莱韦斯克两口子全是老实本分人。马丹大婶吃苦耐劳，莱韦斯克捕鱼的本领也是一等的。"

这时，坐在门口的小姑娘又说话了："他好像认识我们。又或者是从埃普维尔或奥泽博斯克来的穷人。"

不过马丹大婶心里明白。不，不，他不是本地人，肯定不是！

那人就像一根木桩一般坐在那里一动不动，眼睛就那么死死地盯住马丹·莱韦斯克家的房子。终于，马丹大婶发火了，内心的恐惧使她变得异常勇敢，她抓起一把铁锹走到门口。

“您在这儿做什么?”她朝眼前的这个流浪汉喊道。

“我在乘凉啊，我妨碍到您了吗?”他的声音嘶哑。

她没回答这人的问题，接着问：“您为什么老是看着我们的家，就像在监视什么似的?”

男人辩驳：“我又没有妨碍任何人，难道连在大路上坐一坐都不可以吗?”

她问得一愣，又没有什么话来反驳他，只好转身走回家里。

这一天，过得很慢，时间显得长了许多。靠近中午时，这个人不见了，但五点左右他又从门前走过。直到晚上，他再没有出现。

天黑透的时候，莱韦斯克回来了。马丹大婶和孩子们把白天的事情告诉了他。他听了安慰说：“这没什么，要么是个爱管闲事的人，不然就是一个调皮捣蛋的家伙。”说完，他便毫无忧虑地睡了。可马丹大婶却一直在想着这个徘徊不去的人，他看她的眼神总是透着些许的古怪。

天亮后突然刮起了大风，莱韦斯克知道不能出海了，就帮助妻子补渔网。九点的光景，负责去买面包的大女儿气急败坏地跑回来，神色紧张地对马丹大婶说：“妈妈，那个人又来了！”

马丹大婶顿时不安起来，一张脸毫无血色，然后她对丈夫说：“莱韦斯克，你去对他说，让他不要再来骚扰我们了，我被他搞得很不安。”

莱韦斯克身材高大，红褐色的脸膛显得很严肃，一嘴又浓又红的胡子，蓝眼睛中露出一个黑瞳仁，为了抵挡洋面上的风雨，他的脖子上常年围着一条毛围巾。他听了妻子的话后不慌不忙走出去，他来到流浪汉身边坐下，然后交谈起来。马丹大婶和孩子们都捏着一把汗，站在远处提心吊胆地看着他们。

就在这时，那个流浪汉起身和莱韦斯克一同向房子这边走来。马丹大婶见状吓得直往后退。莱韦斯克温和地对她说：“拿点面包给他，再倒一杯苹果酒吧。真可怜，他已经两天没吃东西了。”

随后，他们俩走进屋里，马丹大婶和孩子们则跟在后面。流浪汉在桌边坐下，不顾众人的眼光低着头吃起东西来。马丹大婶就站在一旁盯着他看。她的两个大点儿女儿倚在门上，其中一个抱着那个最小的孩子。她们就那么望着他吃，眼睛里满是馋涎欲滴的窘相。两个小男孩则坐在壁炉的灰坑里，也不再玩弄手里的黑锅子了，似乎觉得这个不速之客更为有趣。莱韦斯克拉了一把椅子也在流浪汉身边坐下来，他问："如此说来，您是从很远的地方来的了？"

"我是从塞特来的。"

"就是这样一路走来的？……"

"可不是，就是这样走来的。我身上没有钱，还能有什么法子。"

"那么您要到哪里去呢？"

"就到这里。"

"您在这里有亲人吗？"

"有可能有。"

他们没有继续往下讲。尽管很饿了，但流浪汉吃得很慢，他每吃一口面包后就喝上一口苹果酒。他的脸很憔悴，瘦得厉害，皱纹布满了整张脸，看上去是个饱经沧桑的人。莱韦斯克突然问他："那么，您叫什么名字？"

他低着头回答说："我叫马丹。"

马丹大婶突然一阵哆嗦，她立刻上前一步，好像要靠得更近一些以便把这个流浪汉看个清楚。之后，她张着嘴，双手无力地垂下来，一动不动地站在他的面前。没有人再说一句话。

似乎过了很久，莱韦斯克最后又问了一句："您是这里人吗？"

"我是这里人。"他终于抬起了头。当他的眼睛和马丹大婶的眼睛相撞后，两个人呆住了。他们的目光交织在一起，好像被什么东西摄住了似的。

突然，马丹大婶开口了，但声音却和从前不一样，低低的，颤抖着，她说："是你吗，当家的？"

他望着她，缓慢却清楚地回答说："是的，是我。"他一边说一边继续嚼着他的面包，看上去并不激动。而莱韦斯克吃惊却是多于激动，他结结巴巴地问："真的是你吗，马丹?”

答案依旧:“是的,是我。”

“那么你是从哪里来的呢?”

“从非洲海岸来的。我们所在的船触礁沉没了,只有我和皮卡尔、瓦蒂内尔我们三个人得救。后来我们被野人捉住,一关就是十二年。皮卡尔和瓦蒂内尔都相继死去。我是被一个路过那里的英国游客救出来的,他把我带到塞特,然后我就自己回来了。”

马丹大婶听完,用围裙捂住脸悲恸地哭了起来。莱韦斯克问:“那我们现在要怎么办呢?”

马丹望着莱韦斯克问:“你就是她的男人吧?”

莱韦斯克答道:“是的,我是她的男人。”

然后,他们互相看看,都没有吭声。

在大家沉默的间隙,马丹仔细打量了马丹大婶身边的这几个孩子,然后朝两个小姑娘点了点头,问道:“她们两个是我的孩子吧?”

莱韦斯克回答说："是的。"

马丹听了既没有站起来，也没有去拥吻她们，只是说了一句："上帝，她们都长这么大了！"

莱韦斯克似乎有些不知所措了，他又重复了一句："我们怎么办呢？"

马丹看着眼前的人，他其实也很为难，不知如何是好。后来他下了决心，说："由你来决定吧，我会按照你的意见办。我十分不想让你为难，不过现在麻烦的是这所房子。我有两个孩子，你有三个，那么各人的孩子就归各人的。至于孩子他妈，跟你生活还是跟我生活，我听你的意见，随便怎么办我都同意。不过房子你要给我，因为这是我的父亲留给我的，我就是在这所房子里出生的，房子的证明一直存在公证人那里。"

在他们谈话的期间，马丹大婶一直用蓝布围裙蒙着脸，低声抽抽噎噎地哭泣着。两个大女儿走到母亲身边来，不安地望着她们的父亲。他已经吃完了。这一下他也发问了："是呢，我们怎么办呢？"

这时，莱韦斯克突然想出一个主意，他说："到神甫那里去吧，他会帮我们做出决定的。"

马丹此刻站了起来，朝马丹大婶走过去，马丹大婶见苦苦等待了十多年的丈夫向自己走过来，便一下子扑到他的怀里，呜呜咽咽地哭着说："我的丈夫！你回来啦！马丹，我可怜的马丹，你回来啦！"

她紧紧抱住他，过去种种回忆突然纷至沓来，掠过她的脑际，她回想起他们二十岁时的生活，还有他们最初的拥抱。

显然，马丹也非常激动，他吻着她的帽子。在壁炉里玩耍的两个小男孩听见他们的妈妈哭了，也一齐跟着大哭大叫起来；马丹大婶的二女儿抱着的那个婴儿也扯着嗓子尖声尖气地啼哭起来，那声音听上去就像是走了调子的笛子。

莱韦斯克站在那里，等候了一会儿。之后，他说"走吧，先去把事情办妥再说吧。"

然后，马丹便放开妻子，又看了看自己的两个女儿。马丹大婶对两个女儿说："你们至少该亲吻一下你们的爸爸啊。"姐妹俩听了同时走到马丹面前，从神情上看，她们似乎并不激动，只是惊讶中夹杂着一些恐惧。马丹把两个女儿一起拥进怀里，并像乡下人那样在她们的两颊上依次轻而响亮地吻了一下。那个在二女儿怀中的婴儿看见一个陌生人出现在自己跟前，不禁发狂地尖叫起来，差点惊厥过去。

随后两个男人一起走出去了。

他们走过友谊咖啡馆门口时，莱韦斯克说："我们去喝上一杯，怎么样?"

"好啊，我赞成。"马丹说。

他们统一了意见后，便走进去，在还没有上座的大厅里坐下来。莱韦斯克叫道："喂！希科，来两杯白兰地，要上好的。你还不知道吧，马丹回来了，就是我现在女人的原来的丈夫，那个叫马丹的，还记得那条失踪的叫做'两姐妹'的船吗，水手马丹当时也在上面。"

小酒馆老板听到莱韦斯克这么一说，便一只手拿着三只玻璃杯，一只手拿着一只长颈大肚小酒瓶，腆着他那肥胖的大肚子走过来；他满脸通红，一身肥肉异常明显，他神色安详地问道："啊！你回来啦，马丹?"

马丹随即回答说："是的，我回来啦!"

被抛弃的人

“实话说，在这种热得要命天气里跑到乡下散步，亲爱的，我想你一定是疯了。这两个月来，在你的头脑里总是不断地产生一些古怪的念头。你就这样，也不管我愿意不愿意，就把我带到海边来了。想想看，我们结婚四十五年来，你还从来没有这样异想天开过。你不容分说就选定了费康这个倒霉的城市，现在又那么狂热地想要往外跑。要知道一直以来你都是一个不喜欢活动的人，可是却选择了在这一年当中最热的日子里到田野里去散步。你还是去叫德·阿普勒瓦尔陪你一起去疯吧，我相信他对你的这些心血来潮的念头一定会顺从的。至于我，我可要回去睡午觉了。”

德·卡杜尔太太听完丈夫一番不情愿的话，然后转过身子朝她的老朋友说道：“您愿意跟我一同去吗，德·阿普勒瓦尔？”

德·阿普勒瓦尔微笑着，像从前那样殷勤有礼地弯了弯腰说：“您去什么地方，我也去什么地方。”

“那好，你们准备去中暑吧！”德·卡杜尔先生发表声明，他现在要做的是马上回到海滨浴场旅馆的床上去躺上一两个小时。

现在只剩下他们两个人了，德·卡杜尔太太和她的老伙伴德·阿普勒瓦尔准备了一下就马上出发了。她握住他的手，把声音压得非常低地说：“总算等到了！总算等到了！”

德·阿普勒瓦尔听了嘟囔着说：“我看您是真的发疯了。我敢保您是发疯了。您想一想您冒的危险吧，要是这个人……”

“哎呀！亨利，说到他时，不准说‘这个人’！”德·卡杜尔太太顿时激动起来，很郑重地提醒着她的老伙伴。

德·阿普勒瓦尔的语气显然有些粗暴，他说："好吧！如果我们的儿子猜出点什么事，如果他怀疑我们，他一定会抓住您，抓住我们不放的。真想不通，您一直没有见过他，既然四十年已经过来了，何苦今天一定非见他不可呢？"

他们沿着从海边到城里的一条长街走去，走了一段后开始向右拐，然后登上埃特勒塔：一个紧邻费康的小城的山坡。一条白色大路逶迤在火雨般的炽烈阳光下。在这盛夏中午的炎热中，他们迈着小步，慢慢地走着。德·卡杜尔太太挽着德·阿普勒瓦尔的手臂，一双眼睛像着了魔似地直愣愣地看着前方。

这时，她又开口说话了："这么说，您后来也再没有看到过他？"

"没有，从来没有！"

"可是，这怎么可能呢？"

"我亲爱的朋友，我们不要再进行这种没完没了的争论了。您现在有您的丈夫，我也有我的妻子儿女，我们彼此任谁都不能不顾虑大众的舆论。"

她听到这些，没有回答，而是陷入了遥远的回忆，回想他们年轻时代那些伤心的往事。就和一般年轻姑娘出嫁一样，她的父母把她嫁给了一个外交官。婚前她对她的未婚夫所知无多，不过后来她还是嫁给了他，并和他一起过着所有上流社会妇女过的那种生活。

而一个青年人的出现，让这一切发生了改变。这个青年人就是德·阿普勒瓦尔先生，他和她一样也是结过婚的，但他却深情地爱上了她。那期间在德·卡杜尔先生正好担负一项政治任务需要去印度常驻一段时间，就在这段时间里，她抵挡不住德·阿普勒瓦尔的感情攻势，屈服了。

是呀，她怎么抵挡得住呢？怎么拒绝得了呢？在她也同样那么深情地爱着他的情况下，她哪里有力量和勇气坚持拒绝呢？不能！真的不能，这实在太难了！明明相爱却要拒绝，这样让她太痛苦了！生活不是原本就如此的吗，恶毒而狡诈！你能够回避命运的某些打击，逃脱命中注定的事情吗？当身为一个女人的你，被孤孤单单地抛弃在家里，没有温情，没有孩子，你能够扼制在你心里不断升起的那股强烈的感情吗？这就好比要逃避白天，逃避阳光，在黑暗中终老一生一样，这简直是不可能做到的！

那些过往的细节在她的回忆中复苏一一呈现在她的眼

前：他的吻，他的微笑，他来她家时站在门口看她的样子。那是一段多么幸福的日子啊，也是她唯一一段美好的日子，可是，美好的日子总是短暂的，他们之间的那段快活时光也很快就结束了！后来她发现自己怀孕了！之后的那段日子，她是怎样的焦虑不安啊！她到南方旅行，那是一次漫长的旅行，她受到的那些苦楚，那些无休无止的恐惧，至今让她心有余悸！她躲在地中海边，藏在一座花园深处的一栋孤零零的瑞士山区木屋式的小别墅里，担惊受怕地连花园的门也不敢出，那是怎样的一段日子啊！

直到现在，她记得仍旧多么清楚。在她度过的那些漫长的白天里，她在一棵柑橘树下面躺着，眼睛望着绿叶丛中的那些红彤彤圆溜溜的果实。她心里是多么想出去走走，一直走到海边啊！墙外有清凉的海风吹来，她倾听着短促的波涛拍打海滩的声音，想象着广阔无垠的海面在阳光下闪闪发亮，片片白帆点缀在湛蓝的海面上，远处天边还矗立着一座高山。但她不敢走出去，她怕，万一被人认出来她该怎么办呢？她的身材已经走形，笨重的腰身带着她的羞耻似乎要暴露无遗！

那些等待的日子，还有最后那一段折磨人的日子！那些惊恐！那些要把人惊吓死的疼痛之后，直到那最可怕的一夜。这期间，她经受了多少痛苦的折磨啊！她清楚的记得那最后一夜，那一夜是怎样的一夜啊！她发狂地呻吟、叫喊，作为她的情夫德·阿普勒瓦尔那张苍白的面孔，即便到了今天依旧那么清楚地出现在她的眼前。当时他不停地吻她的手，她还记得那个胡须刮得光光的医生的面孔和护士头上戴的白帽子。

当婴儿的第一声像猫叫似的微弱的啼声，那挣扎出来的第一声男孩子的嗓音响起来时，她心里是一番怎样的激动啊！而第二天！第二天！那是她一生中唯一能够看到并亲吻她儿子的一天，因为从那以后，她就没有再见到过她的儿子，哪怕是一眼也没有！

从那时起，生活对她而言，变得漫长而空虚。她的头脑里时时刻刻，时时刻刻浮现出那个孩子的影子！她没再见过那个从她身体中诞生出来的小生命，没有再见过她的儿子，一次也没有。那个小小的生命被抱去，带走，然后被藏了起来。她只知道他在诺曼底的一户农民家长大，后来也成长为一个农民。再后来，他结了婚，很顺利地结了婚，因为他从他隐姓埋名的父亲那里得到了一笔可观的财产。

在这漫长的四十年里，有多少次她想去看看他，拥抱他一下啊！她无法想象他长大后的样子！她脑中想象的永远是她那一天曾经抱在怀里的，那个紧贴着她受伤的胸口的小人儿。

很多次，她对她的情夫这样说：“我再也不能忍耐了，我要见到他，我要去见他。”但每一次他总是拦住她，阻止她去。他怕她不会控制和掌握自己的情绪，他怕对方会猜出她的身份来，那样的话，对方可能会压榨她，那她就完了。

“不知道他现在生活怎么样？”她常常这样说。

“我不知道，我也没有再见到过他。”

“怎么能够这样呢？明明有一个儿子，却不敢和他相认，相反还害怕他，把他像耻辱一样丢掉。这太可怕了！”

他们相互说着一些困惑的话，在漫长的道路上顶着火辣辣的太阳，跋涉着，没完没了地爬着山坡，累得精疲力竭。她又说道：“谁说这不是一种惩罚呢？在他之后，我再没有别的孩子。不行，我再也抵挡不住要见到他的愿望了。其实四十年来，这个愿望一直盘踞在我心头，这一点，你，你们这些男人永远都不会懂的。想想看吧，我是一个快死的人了，或许我今生再也没有机会和他见上一面！……不能再见上一面！怎么可以这样呢？我怎么可以等上这么长的时间呢？我用了一生的时间来想他，这是一种多么可怕的日子啊！我睡醒后睁开眼睛，第一件事就是想他，四十年中，没有一天不是如此。这些，您懂吗？没有一天不是如此啊！我想到我的孩子，他如今怎么样了？我感到自己背负着沉重的罪过！在这种情况下，我难道还应该畏惧什么人吗？从一开始，我就应该丢开一切，跟着他，教育他，疼爱他的。如果那样，我肯定会活得更幸福一些。但我不敢啊，我是卑微胆怯的。我多痛苦啊！唉！这些可怜的被遗弃的孩子，他们对他们的亲生母亲应该是怎样的憎恨啊！"

说完这些，她陡然停住，因为哽咽塞住了她的喉咙。整个山谷在炙人的太阳光下，显得荒凉而寂静，只有蝈蝈儿在道路两边稀疏发黄的草丛里，发出连续不断的、单调的低鸣声。

"坐一会儿吧。"他说。

于是，她随着他走到沟边，两只手捂住脸，坐在地上，脸两侧鬈成螺旋形的白发散开披落下来。她坐在那里沉默地哭着，伤心到了极点。他在她面前站着，神情不安，不知对她说什么是好。后来他轻轻地说："好啦……不要再哭了，要勇敢一些。"

她倔强地爬起来，说道："我会勇敢的。"她擦了擦眼睛，迈着老妇人那种摇摇晃晃的细碎的步子，又朝前走去。

道路在前面不远的地方延伸到一片树丛中，几户人家就坐落在这浓密的树丛中。他们已经听到铁匠铺里的铁锤在铁砧上敲打的声音，一下一下的，非常响亮。又走了不久，他们看到路的右边有一座低矮的房屋，一辆大车就停在房屋前。此刻，两个男人正在一个棚子下面给一匹马钉蹄铁。德·阿普勒瓦尔走上前去，大声喊着问道："请问皮埃尔·贝内迪克的农庄在哪儿?"

那两个人中的其中一个回答道："沿着左边紧靠小咖啡馆的这条路，然后笔直朝前走，过了波雷家农庄后的第三个农庄，靠近栅栏有一棵小冷杉的就是了，不会错的。"

他们按照指引，走上了左边这条路。现在她走得很慢，两条腿明显有些发软，心跳得尤其厉害，她感觉自己连气都透不过来了。

每走一步，她都像祈祷似地喃喃地说："主啊！主啊!"过度的激动堵塞了她的喉咙，也使她的两条腿摇摇晃晃，好像脚筋被人割断了似的。

德·阿普勒瓦尔先生同样也激动不安，他的脸色有点发白，突然他对她说道：“要是您不能够好好克制感情，就会立刻露出马脚的。你得努力控制住自己才行。”

她结结巴巴地说：“您觉得我做得到吗？啊！那可是我的儿子！我就要见到我的儿子了！”

他们顺着夹在两个农庄院子中间的一条乡间小道走去，小道隐没在沟边的两行山毛榉树之间。突然，他们走到一扇树条编成的栅栏门前，看到有一棵长得还不太高大的冷杉就在那家门前。“就是这儿了。”他说。听到这句话，她猛然收住脚步，紧张地向里面张望着。

院子看上去很大，一直伸展到屋顶盖着茅草的小小的住宅前面，院子里还种着很多苹果树。住宅对面是马厩、谷仓、牛栏和鸡舍。一些车辆在一个石板瓦的屋顶下面停着：一辆大车，一辆双轮载重车，一辆带篷的双轮轻便马车。此外，还有四头小牛犊在树荫下啃吃着碧绿的青草，黑母鸡在院子里悠闲地转来转去。

院子里静悄悄的，什么声音都没有。房子的门是打开着的，但看不到一个人。他们走进去，一条黑狗立刻从平放在一棵大梨树下面的圆桶里跑出来，对着他们狂吠不止。

他们走到房前，靠墙的几块木板上放着四个蜂箱，麦秸编的圆顶排成一排。德·阿普勒瓦尔先生站在房前叫道：“请问有人吗?”

话音刚落，一个小孩跑出来了。这是一个小姑娘，十岁左右，穿着一件衬衫和一条羊毛裙，光着两条腿看上去脏兮兮的，女孩的神情既有点畏缩又有点阴沉沉的。她站在门框里面，好像是要拦住来者不让进去似的。

“你们来这里干什么?”她问。

“你的父亲在家吗?”

“不在。”

“那么他在哪里呢?”

“我不知道。”

“你妈妈呢?”

“在奶牛那里。”

“她马上就回来吗?”

“我不知道。”

而德·卡杜尔太太就像怕别人把她强行拖走似的，突然急急忙忙抢着说道：“不看见他我决不走。”

德·阿普勒瓦尔便安慰她说：“那我们等他好了，我亲爱的朋友。”

他们刚转过头，便看见一个手里拎着两只白铁桶的农妇朝房子这边走来。白铁桶看上去很沉，在太阳光的照射下，一闪一闪地发亮。她右腿有点跛，胸部裹缩在一件棕色毛衣里面，毛衣由于日晒雨淋，已经发焦褪色。又穷困又肮脏的她，看上去很像一个可怜的女佣。

“妈妈来了。”女孩子说。

农妇走到她的住房附近，用一种怀疑的神情恶狠狠地望了望这两个外来人一眼，随后走进房里，就好像他们根本不存在似的。农妇看上去很老，一张干瘪的脸又黄又僵硬，是那种属于乡下女人的呆板的脸。德·阿普勒瓦尔先生及时喊住她，说：“喂，太太，我们到这里来是想请求您卖两杯牛奶给我们。”

农妇听了把桶放下后又走出门，嘴里念叨着说：“我不卖牛奶。”

“我们走了很长时间的路，实在是太渴了。这位太太已经上了年纪，而且很累。请您看看，没有什么办法给我们弄点喝的吗？”

农妇用一副阴沉沉的目光不放心地打量着他们。最后，她像是拿定了主意：“既然你们到了这里，我就给你们弄点喝的吧。”说完，她又到屋里去了。

过了片刻，女孩出来，搬来两张椅子放在一棵苹果树下面；接着那位农妇又端着两碗上面泛着泡沫的牛奶出来，交到两个客人手中。然后她站在他们面前，一副要监视他们的模样，似乎想弄明白他们来的目的到底是什么。

“你们是从费康来的吧？”她问。

德·阿普勒瓦尔先生回答道：“是的，我们是到费康来过夏天的。”说到这里他沉默了一会儿，之后又说道：“您能不能每个星期卖几只小鸡给我们？”

农妇有些迟疑，后来回答说：“好吧。你们是不是要子鸡？”

“是的，要子鸡。”

“那么你们在市场上买小鸡什么价格?”

德·阿普勒瓦尔不知道，便转头德·卡杜尔太太道：“一只鸡多少钱？亲爱的，童子鸡什么价格?”

此刻，她已经两眼满含着泪水，结结巴巴地说道：“四到四个半法郎。”

农妇用眼角斜视着她，神情有些诧异，后来她问道：“这位太太怎么哭了，是生病了吧?”

德·阿普勒瓦尔不知该如何回答这个问题，只得嗫嗫嚅嚅地回答说：“没有……没有……不过她……她在路上把一只表丢掉了，那是一只上好的表，所以她很难过。要是有人找到这只表，还烦请您通知我们。”

农妇没有回答德·阿普勒瓦尔的话，她认为这件事有点蹊跷。就在这时，她突然说：“我丈夫来了!”只有她一个人看见他走进来，因为她面对着栅栏。农妇的话让德·阿普勒瓦尔大吃一惊，而德·卡杜尔太太也从椅子上惊慌失措地掉转身子，差点晕过去。

大约在十步开外地方，一个男人正在拉一头母牛，他弓着背，气喘吁吁的，身体几乎弯成两截。他没有注意家里的两个陌生人，嘴里只是说着："真可恶！这头不听话的畜生！"他说着朝牛栏走过去，将牛拖进牛栏里去了。

德·卡杜尔太太的眼泪突然干了，她惊慌失措地呆在那里，说话和思维的能力也都瞬间丧失了——她的儿子，这就是她的儿子！相同的思想也刺伤了德·阿普勒瓦尔，他声音慌乱地说："这就是贝内迪克先生吗？"

农妇听到这么一问，不禁生了疑心，问道："你们怎么知道他的名字的？"

德·阿普勒瓦尔回答说："是大路拐弯处的那个铁匠告诉我们的。"

随后大家又都沉默了，他们两人的眼睛盯着牛栏的门，而那扇门像在墙上开了个窟窿似的，黑洞洞的，里面什么都看不见，但隐隐约约可以听到一些响动，那是人在忙着什么，还有踩在撒满麦秆的地面上变得轻微的脚步声。

贝内迪克从牛栏里走出来，擦着额头上的汗，慢吞吞地朝着住房这边走来。他佝偻着身子，步子迈得很大，每迈一步身体就往上一耸。他又一次在这两个外来人面前经过，仿佛并没有注意他们，只是对他的妻子说："给我拿一罐苹果酒来，我渴了。"说完他就走到住房里面去了。而农妇则走向食物贮藏室，把两个远从巴黎来的人单独留在了院子里。

德·卡杜尔太太惊慌失措，结结巴巴地说：“我们走吧，亨利，我们走吧。”

德·阿普勒瓦尔抓住她的手臂，将她慢慢拉起来，并用尽全力扶住她，因为他清楚地感觉到她马上要倒下去了。他在一张椅子上丢下了五个法郎之后，他就拉着她走了。

一跨出那道栅栏门，她就呜呜咽咽地哭起来。内心的痛苦让她全身发抖，她结结巴巴地说：“啊！啊！他如今的这副样子都是拜你所赐的！……”

此刻，他的面色也苍白得厉害，用生硬的腔调答道：“我做了我能为他做的事。他的农庄价值起码有八万法郎，就算城里中产阶级人家的子女，也不是人人都能得到这笔财产的。”

他们慢慢地往回走，没有再说一句话。一路上她一直在哭，泪水从眼里不住地流下来然后淌到她的双颊上。直到他们回到了费康，她的眼泪才终于止住了。

德·卡杜尔先生正等着他们吃晚饭，当他看到这两个人时便大笑起来，叫道：“好极了，看来我的妻子已经中暑过了，我非常高兴。真的，我确信她最近精神有点错乱了！”两个人沉默着，谁都没有回答他的话。这个做丈夫的似乎有些尴尬，只好搓着双手问道：“你们两个至少是做了一次愉快的散步，对吧？”

德·阿普勒瓦尔答道：“是的，我们很愉快，亲爱的，非常愉快。”